Odile d'Oultremont

Das Mädchen mit den meerblauen Augen

Odile d'Oultremont

Das Mädchen mit den meerblauen Augen

Roman

Aus dem Französischen
von Marlene Frucht

List

Besuchen Sie uns im Internet:
www.ullstein-buchverlage.de

MIX
Papier
FSC FSC® C014496

Das französische Original erschien 2019
unter dem Titel *Baïkonour*
bei Éditions de l'Observatoire, Paris.

List ist ein Verlag
der Ullstein Buchverlage GmbH

ISBN: 978-3-471-36019-4

Innengestaltung: deblik Berlin
Gesetzt aus der Quadraat Pro powered by pepyrus.com
Druck und Bindearbeiten: GGP Media GmbH, Pößneck

Möge diese Geschichte euch beide, meine Lieblinge, die kühnen Winde der Freiheit spüren lassen.

»Sie ist neu gefunden.
Wer? – Die Ewigkeit.
Ist das Meer, entschwunden
Mit dem Sonnenschein.«

»Die Ewigkeit«, Arthur Rimbaud.

Zuerst die Sicherheit.

Das war sein oberstes Gebot, dem sich alles andere unterzuordnen hatte; weit mehr als eine bloße Parole, fühlte er sich wie gesetzlich dazu verpflichtet.

Vladimir Savidan war Küstenfischer und holte seit zweiundvierzig Jahren Krustentiere und Meeresschnecken aus dem Atlantik vor der Bretagne.

An einem Tag im Februar begibt er sich allein an Bord der *Baïkonour*, einer Cleopatra Fisherman 38. Bei starkem Wind verschwindet er ungefähr sieben Seemeilen vor der Küste, erfasst von einer gefräßigen Welle, deren erhabene Schönheit er eben noch bewundert hatte. Eigentlich war mildes Wetter vorhergesagt gewesen, kein Wort von derartigen Unruhen. Siebenundvierzig Sekunden lang schleudert die Welle das Boot brutal herum, obwohl gerade dieses Fabrikat aus glasfaserverstärktem Polyester dafür bekannt ist, auch den feindlichsten Meeren standzuhalten. Doch diesmal hat das Fischerboot der Naturgewalt nichts entgegenzusetzen.

Vladimir beeilt sich, die Körbe heraufzuholen. Der Sturm, der das Meer aufpeitscht, greift nach dem Boot, als wäre es leichte Beute, und das nun haltlose Ruder lässt den Bug des Schiffes abdriften. Die Wellen sind so stark, dass sie stellenweise bis zu neun Meter tiefe Täler im Meer entstehen lassen und beim Aufschlag vierzigtausend Liter Wasser auf einmal auf das Heck niedergehen. Es fühlt sich paradoxerweise an wie ein Erdbeben.

Der entfesselte Atlantik lässt das Steuerrad trudeln, nur um es im nächsten Moment in die entgegengesetzte Richtung herumzureißen. Vladimir wird von einer plötzlichen Unruhe erfasst, die rasch größer wird und sich in Panik verwandelt. Jetzt möchte er wirklich gerne wissen, wem er es zu verdanken hat, so sein Leben zu verlieren.

Zuerst wird er sanft, fast zärtlich emporgehoben, dann taucht er kerzengerade ins Wasser ein, wie ein achtlos in die Badewanne geworfenes Spielzeug. Einen Augenblick später ist er schon mehrere Meter tief unter die Oberfläche gesunken, wo Seetentakel, die bereits wenige Zentimeter unter dem Wasserspiegel ungeahnte Kräfte entwickeln, nach ihm greifen und ihn festhalten, den Seemann, der heute allein an Bord war.

Halb noch bei Bewusstsein und stellenweise gelähmt, weiß ein Teil von ihm, dass es an der Zeit ist, loszulassen, während der andere Teil noch kämpft. Er träumt, oder vielleicht stellt er sich auch nur vor, dass seine Frau seine Tochter ist und seine Tochter seine Frau, er bringt alles durcheinander, alles ist feucht und verschwommen, er weiß, dass er sich an der Grenze der Dinge befindet, am Übergang zwischen den Zuständen, und dann, ohne zu wissen, warum, schluckt er, anstatt nach Atemluft zu ringen, das Wasser herunter, mit weit geöffnetem Mund lässt er das Meer in sich einströmen, das wie ein Aal in seinen Körper dringt, die Wände seiner Luftröhre entlanggleitet, und ihn nach und nach dem Ort und dem Augenblick entzieht; er sitzt in der Falle. Noch bevor das Ersticken einsetzt, verwandelt er sich bereits in einen Gefangenen des Meeres, auf einmal ist um ihn herum ein riesiger Kerker entstanden, das Alcatraz der Tiefsee, das ihn nicht mehr ausspucken wird. Vladimir kann sich nicht rühren, irgendetwas hält seine Beine fest, und als es ihm ein letztes Mal gelingt, die Augen zu öffnen, nimmt er sehr undeutlich blutige Schlieren wahr, die sich mit dem Wasser vermischen und ihn schamlos verhöhnen. Er könnte sich losreißen. Er möchte an seine Édith und seine Anka denken, sich deren vertraute, tröstliche Gesichter in Erinnerung rufen wie bei einer aussichtslosen Schlacht, aber was er stattdessen vor sich sieht, ist das Gesicht des Meeres mit seinen riesigen Augen, die sich in nervösen Wellen wiegen und ihn teilnahmslos von überallher anstarren. Nun gilt es, seine Gedanken auf andere Dinge zu lenken als das Leben, doch für diese Aufgabe fühlt er sich nicht gerüstet, schließlich ist er weder fromm noch Philosoph, sondern nur ein einfacher Küstenfischer. *Ich bin Kapitän, Kapitän eines Schiffes.*

Am Anfang sah Anka ihre Mutter, dann ihren Vater und dann das Meer. Ihre ersten, hohen Schreie klingen wie das Echo der Möwen, mit ihren winzigen Füßen strampelt sie im feuchten Sand, und so, über der Nase die senkrechte Stirnfalte, frisch und wild entschlossen, marschiert sie Hunderte Meter, ohne ein einziges Mal hinzufallen. Später lässt sie Hände voller Kieselsteine auf die Wasseroberfläche prasseln, kennt das Spiel der Gezeiten in- und auswendig, und kann anhand der Farbe des Himmels das Wetter vorhersagen.

Mit sieben beherrscht sie die Sprache des Ozeans fließend, merkt sich die Namen der Fische und Krustentiere besser als die ihrer Klassenkameraden und hat eine schier unerschöpfliche Neugier auf das Meer, hunderttausend Fragen über das Wie und Warum, auf die ihr Vater, Vladimir, der Fischer, der Kapitän, stets eine Antwort sucht. Sie ist neun, jeden Morgen steht sie auf, öffnet die Vorhänge in ihrem Zimmer und schaut durch das Fenster auf das je nach Tages- und Jahreszeit friedliche oder unruhig schäumende Monster, dessen Stimmung sie schon erraten hat, bevor sie auch nur einen Blick darauf wirft. Eine Salzwassermasse, die sich über 223.000 Quadratkilometer erstreckt und eine Tiefseeebene bedeckt, die bis zu 4.735 Meter weit hinunterreicht.

Der Biskaya vertraut Anka alles an, schon immer. Sie hat alles, was eine beste Freundin braucht. Sie bewahrt Geheimnisse, hört zu, bringt Anka auf neue Ideen, ja gibt ihr sogar Ratschläge. Später, als Jugendliche, glaubt Anka fest an die Unvergänglichkeit der Dinge, ihre Freundschaft mit dem Meer ist für sie eine unumstößliche Tatsache, und sie braucht keine Serien, kein Kino und keine Musik, denn vierzig Meter unterhalb ihres Hauses bietet sich ihr das vollkommenste Schauspiel, das man sich denken kann, vor ihren Augen erstreckt sich das perfekte Bild, das einer universellen Sprache gleichkommt und jegliches Gefühl von Zeit und Raum aufhebt.

Die Musik des Ozeans erscheint Anka virtuos, er ist Orchestermusiker, Solist und Instrumentalist in einem und trifft jede Note so perfekt, als hätte er das absolute Gehör, Welle um Welle singt, summt, pfeift er die erlesensten Partituren. Sobald sie ganz nah an den Rand seiner unendlichen Weiten herantritt, eingetaucht in Bild und Klang, erlebt sie die größten Abenteuer. Es gibt so viel zu tun, im Wind, die Ideen häufen sich in ihrem Kopf, und jede einzelne fordert ihre Umsetzung, also macht Anka sich ans Werk und fängt mit dem Dringlichsten an, gräbt ein Loch, baut eine Burg, fischt nach Strandschnecken, rettet Krebse, fährt mit der Hand in felsige Höhlen und versucht, dort die Fische zu fangen, die immer kleiner und immer schneller werden.

Sie kann tun und lassen, was sie will, und die wundersame Beute, die sie nach Hause bringt, wird am Ende stets von ihrer Mutter im Dampf gegart, ungeachtet der Qualität des Fangs. Édith beschränkt sich aufs Kochen, sie probiert niemals.

»Ich habe eine Fischallergie ...«

Und Vladimir, in dessen Stimme leiser Zweifel mitschwingt, ergänzt: »Ja, seit du einen Fischer geheiratet hast!«

Im Jahr darauf erklärt Vladimir sich zum ersten Mal bereit, seine Tochter mit aufs Boot zu nehmen, die *Baïkonour*, eine Cleopatra Fisherman 38, der »Rolls Royce unter den Fischerbooten«, wie er hin und wieder stolz erwähnt. Sein Angebot ist das Ergebnis eines verbissenen Kampfes zwischen ihm und Édith, die bisher nicht einmal den Gedanken, dass ihre einzige Tochter sich an Bord begibt, zulassen wollte.

»Komm schon, ich bin zehn«, bettelt das Mädchen.

»Komm schon, sie ist zehn«, schiebt Vladimir hinterher.

Édith pafft angesichts dieses Dilemmas eine Zigarette.

»Rauchen ist um einiges gefährlicher«, raunt ihr Mann, während sie das Für und Wider gegeneinander abwägt.

»Na gut. Zwei Stunden, keine Minute länger, und ich koche für euch Suppe«, lautet schließlich ihr Angebot.

»Das ist Erpressung!« Anka seufzt und erkundigt sich dann: »Was für eine Suppe?«

Édith blickt ihre Tochter belustigt an, sie weiß, dass sie sie in der Hand hat, so lange schon träumt Anka davon, endlich einmal mit ihrem Vater an Bord zu gehen. »Lauch.«

»Ekelhaft«, beschwert sie sich.

»Entweder das, oder du bleibst am Ufer!«

Vladimir muss lachen, Édith ebenfalls. Den Zutritt zur *Baïkonour* muss man sich verdienen.

Noch Jahre später kann Anka sich vor allem an das laute Geräusch erinnern, wenn der Rumpf bei einer Geschwindigkeit von fünfzehn Knoten auf die Wasseroberfläche knallt, mit voller Wucht hindurchschlägt und in die Fluten eintaucht, nur um gleich darauf noch tapferer wieder daraus hervorzukommen. Sie beobachtet ihren Vater am Steuer, wie er sehr aufrecht vor seinen drei Monitoren steht, den Blick starr in die Ferne gerichtet. Sie hat eine Rettungsweste und darüber eine gelbe Öljacke an, und in dieser Aufmachung fühlt sie sich wie die Tochter eines Seemanns, aber nicht nur das. Zwischen ihr und dem Meer besteht auch eine Verwandtschaft, eine ganz zarte, nirgends verzeichnete Verbindung, an der sie hartnäckig festhält, eine Sprache, die natürlicher ist als alles andere und die allein ihr gehört: Um sich mit dem Ozean zu unterhalten, sollte man am besten schweigen, die Worte zurückbehalten, sie in der Stille belassen und nur mit den Augen reden.

Kurz nach dem Auslaufen erbricht Anka den mit Sahne und Brühe vermischten Lauch über die Reling. Zuerst macht sie ihre Mutter verantwortlich, aber bei zweieinhalb Meter hohen Wellen hätte sie vermutlich alles wieder ausgespuckt. Die Geschwindigkeit, um die fünfundzwanzig Knoten bei einem zweizylindrigen Motor, lässt das Kielwasser aufschäumen wie Baisermasse. Während sie auf die weiße Gischt blickt, fragt Anka sich, was wohl von dem Leben unmittelbar darunter übrig bleibt. Ganze Fischschwärme, die von dem mächtigen Antrieb hinweggerafft werden, und plötzlich überall Tatar aus Wasserlebewesen, den andere gefräßige Tiere sich sogleich fröhlich einverleiben. Auf diese Weise wird unter der Oberfläche, die von der *Baïkonour* so grob aufgerissen wird, dem Unterwasserleben in wilder Anarchie Struktur verliehen. Anka ist von alldem fasziniert.

»Es wird stürmisch, wir kehren um!«

Vladimir brüllt den Befehl, Anka hört den verärgerten Ton heraus, kann aber nicht ausmachen, ob ihr Vater eher beunruhigt oder überrascht ist.

Sie protestiert: »Aber wir sind erst vor einer Stunde ausgelaufen«, schreit sie zurück und versucht mit ihrer zarten Stimme gegen die lauten Motorengeräusche anzukommen.

»Wer ist hier der Kapitän?«

Ankas Seufzen, das man ihr an den Lippen ablesen kann, dehnt sich sekundenlang. »Du natürlich. Wie immer.«

Er lacht. »Komm, setz dich neben mich.«

»Kann ich nicht an Deck bleiben?«

»Nein«, befiehlt er.

Noch ein Seufzen, dann setzt Anka sich rechts neben ihren Vater. Als ein Wellental auf das nächste folgt, gleitet die *Baïkonour* unbeirrbar und würdevoll darüber hinweg, und Anka erhält eine erste Ahnung von der Tapferkeit der Boote, die weit mutiger sind als ihre Seemänner. Sie liebt dieses *Tier*, sein Gerippe aus Polyester, das Deck aus Balsaholz, die Innenwände aus Teak – verglichen mit den anderen Booten ist Vladimirs Kahn der reinste Luxus. Sie denkt an den Tag zurück, als ihre Eltern ihr den Kauf des neuen Fischerbootes verkündeten, und daran, wie überrascht sie gewesen war, festzustellen, dass es nagelneu und richtig modern war. Aus dem fassungslosen Gesicht ihrer Tochter las Édith die Ratlosigkeit heraus: Wo um aller Welt hatten sie das Geld hergenommen?

Nicht, dass sie arm gewesen wären, aber Anka wusste sehr gut, dass solche Maschinen ein Heidengeld kosteten.

»Es kommt von deiner Großmutter Ajä«, klärte sie ihre Tochter auf.

»Ah ja? Ich wusste gar nicht, dass sie reich ist.«

Édith zuckte mit den Schultern, auch sie nicht viel klüger als ihre Tochter. »Anscheinend hat sie von ihrem Mann was geerbt. Wir wussten auch nichts davon.«

So konnte Vladimir sich, ohne lange zu fackeln, das Boot seiner Träume zulegen. »Eine Investition«, erklärte er in dem Versuch, seine Frau zu besänftigen, die fand, dass das Boot ganz schön sportlich ausgefallen war.

»Wir sind hier schließlich nicht in Monaco!«, scherzte sie damals.

Bald darauf fing er an, allein rauszufahren und kürzere Touren zu machen, die weniger kosteten, ihm aber die gleiche Fangmenge einbrachten. Er verwies auf eine höhere Sicherheit bei den Manövern und eine Technik auf dem allerneuesten Stand, mit der er alle aufkommenden Probleme viel besser bewältigen könne.

»Wie Bernard Tapie ...«, lästerten einige seiner Kollegen neidvoll.

Das alles war Anka herzlich egal. Wenn sie ehrlich war, hatte sie immer nur einen Wunsch gehabt: eines Tages ihren Fuß daraufzusetzen.

»Einen Kaffee, danke sehr«, sagt Anka. Dann nimmt sie auf dem Resopalstuhl Platz und rückt ihn mit einer mechanischen Geste näher an den Tisch heran.

Kommissar Pierric Hub stellt eine volle Tasse vor ihr ab, in die in winziger grüner Schrift eingraviert ist: ›La Bretagne, ça vous gagne‹, und um die sie sofort ihre Hände schlingt. Ihr ist kalt, aber das hat nichts mit dem Wetter zu tun, eigentlich ist es mild für diese Jahreszeit.

Pierric nimmt seinen Platz auf der anderen Seite des Tisches ein und sagt leise: »Es tut mir sehr leid, Anka.«

Anka zuckt mit den Schultern, für mehr fehlt ihr die Kraft, andere zu trösten ist etwas, das sie nicht tun wird.

»Es wird nicht lange dauern, aber ich muss dir ein paar Fragen stellen.«

Der Polizist schlägt einen ersten Ordner auf, schiebt ihn eine Weile hin und her, bis er ganz gerade vor ihm liegt, dann zieht er eine weitere Mappe heran, die er nicht weiter beachtet, er bringt sie nur in Reichweite. Es gibt ihm Sicherheit, wenn alle Informationen um ihn herum greifbar sind, sodass er sie jederzeit abrufen kann. Er holt einmal tief Luft, was untypisch für ihn ist, normalerweise begnügt er sich mit einer Abfolge kurzer, nervöser Atemzüge.

»Wir wissen nicht recht, was passiert ist.«

Pierrics Blick schweift unbehaglich zu Boden, Ungewissheit einzuräumen gefällt ihm nicht, die Polizei sollte doch eigentlich über konkrete Anhaltspunkte verfügen, im besten Falle sogar Schlüsse daraus ziehen.

»Uns ist nichts Ungewöhnliches an Bord aufgefallen, Pfützen hier und da, und die Kabine ist zerstört, aber abgesehen davon kein Anzeichen für irgendeinen Zwischenfall, kein Hinweis darauf, dass er sich irgendwie verletzt haben könnte. Im Übrigen war sein Boot in tadellosem Zustand, seine Positionen waren korrekt, die Netze eingeholt, das gesamte Fischermaterial säuberlich an seinem Platz.«

Anka kann ein Lächeln nicht unterdrücken. *Ist doch klar, was denkt er denn.*

»Kam es oft vor, dass er alleine rausgefahren ist?«

»Selten.«

»Hatte er gesundheitliche Probleme?«

Sie presst die Lippen aufeinander und schüttelt den Kopf. »Er war topfit.«

Pierric greift nach seiner Kaffeetasse, hebt sie vorsichtig an die Lippen, ein wenig Flüssigkeit schwappt über den Rand – er neigt zum Verschütten. Dann stellt er die Tasse wieder auf seinem Schreibtisch ab, zwei, drei Tropfen rinnen an der roten, glänzenden Außenseite wieder hinab und fließen am Boden der Tasse zu einem Mini-See zusammen. Er tupft die Flüssigkeit mit der flachen Hand auf, nicht dass noch die Akten beschmutzt werden.

»Es tut mir leid, dir das sagen zu müssen, aber wir gehen davon aus, dass er auf eine, sagen wir, dumme Art ums Leben gekommen ist. Zumindest ist das die These, die uns am wahrscheinlichsten vorkommt.«

»Dumm?! Im Ernst?«

»Ja. Er ist wohl ins Wasser gefallen, keine Ahnung«, stammelt Pierric. Sein Körper fühlt sich taub an, und er fixiert Anka unablässig aus traurigen Augen.

»Kennst du Leute, die auf intelligente Art ums Leben kommen?«

Er fühlt sich nicht wohl in seiner Haut, beladen, am liebsten würde er unterm Tisch verschwinden. Anka ist besonders, nicht wie die anderen aus der Gegend, bei ihr weiß man nie, ob sie die sanfte oder die grobe Seite rauskehrt, sie kann scharf wie ein Messer sein oder ungeheuer charmant. Vor allem hat sie soeben ihren Vater verloren.

»Dir muss ich das ja nicht sagen, aber das Meer verzeiht nichts.«

»Mhmm.«

Man merkt ihr an, wie unzufrieden sie ist und dass ihre Gedanken nicht zur Ruhe kommen.

»Was sonst noch?«

»Nichts Besonderes. Er hat keine Rettungsweste getragen ...«

Anka muss lachen. Jeder am Hafen kannte Vladimir, den alten Seewolf, dem Sicherheit ein großes Anliegen war, wenn es um die der anderen ging. *Abgesehen davon, dass mich das unter den Achseln scheuert, weiß ich nicht, was das bringen soll.* Pierric lächelt ebenfalls und blickt Anka dabei an in der Hoffnung, ein wenig Vertrautheit herzustellen, aber sie behält ihr Lachen und ihre Erinnerungen nur für sich, sie wird ihn nicht daran teilhaben lassen und hat die Schotten bereits dichtgemacht.

»Vielleicht ist er von einem andern Boot gerettet worden.«

»Davon hätten wir erfahren.«

»Nicht unbedingt. Vielleicht war er ja bewusstlos, und sie wissen nicht, wer er ist.«

»Aber so oder so nehmen sie dann Kontakt auf, und wir haben keine Meldung bekommen.«

Sie zuckt mit den Schultern.

Pierric senkt erneut den Blick. »Es gibt unzählige Hypothesen.«

»Ja, eben. Schon nach drei Tagen zu schließen, dass er tot ist, finde ich ein bisschen gewagt.«

»Ich fürchte nicht.«

Anka senkt den Blick. »Und die *Baïkonour*?«

»Die Lenkpumpe ist kaputt. Sie wurde am Kap *Pointe du Mille* gefunden. Reines Glück.«

»Dann ist sie im Hafen?«

»In einem Hangar bei Robert.«

»Kann ich sie sehen?«

»Gib mir noch zwei Tage, bis die Ermittlungen abgeschlossen sind und ich die Versiegelung entfernt habe.«

Anka nickt.

»Und deine Mutter, wie geht's ihr?«

»Sie wollte nicht herkommen.«

Das versteht er natürlich und schüttelt den Kopf. Édith und ihr Ehemann: Das war schon was, ein Paar, wie man nur selten eins trifft, sie haben sich zwar oft gestritten, aber auf so poetische Weise, dass ihre Wortgefechte stets wie Liebeserklärungen klangen, oder war es umgekehrt? Bei ihnen konnte man nur schwer bestimmen, was Ernst war und was Spiel, das wusste jeder in Kerlé. »Mit niemandem kann ich mich besser zoffen als mit ihm«, pflegte sie zu sagen und strahlte dabei.

»Richte ihr bitte mein Beileid aus.«

Anka nickt, steht auf und verabschiedet sich von Pierric, der einen Versuch unternimmt, sie an sich zu ziehen. Sie kennen einander seit zwanzig Jahren, er kommt auch aus der Gegend. Wahrscheinlich meint er, die unangenehme Unterhaltung mit einer zärtlichen Geste ausgleichen zu müssen.

Anka möchte das nicht, und sie hält es auch nicht länger unter dem betrübten Blick des Polizisten aus. Sie schnappt sich ihre Tasche und beeilt sich, zum Ausgang zu gelangen. Schnell raus aus dem Walfischbauch, diesem von Kaffee und Feuchtigkeit durchtränkten Polizeirevier, dessen Wände durch den unregelmäßig aufgetragenen Putz immer etwas staubig wirken und wo das Linoleum schon hunderttausendmal von den Gummisohlen der Seemänner, in die Reste von Fischkarkassen und klebrige Algen eingedrückt sind, niedergetreten wurde. Es riecht nach Kette rauchendem Kabeljau. Nur raus hier, aber schnell. Sie lässt sich am Schalter ihren Ausweis zurückgeben und wirft sich mit letzter Kraft gegen die Drehtür.

Draußen holt Anka tief Luft. Sogleich drückt ihr der Ozean, nicht besonders taktvoll, einen beißenden, brackigen Geruch in die Nase, der sie die Augen schließen lässt. Zu ihren Füßen fegt der Wind über die Dünen. Kleinste Körnchen Meereswüste suchen Zuflucht unter ihren Ledersohlen. Sie bleibt einen Augenblick stehen, reglos, blickt mit geschlossenen Augen auf die mörderische Flut, verwehrt sich ihrer unermesslichen Ausdehnung, weigert sich, dem Meer Beachtung zu schenken.

Und während sie mit demonstrativ Richtung Stadt gerichtetem Blick über den Deich läuft und sich dabei von der

See abwendet, fragt Anka sich zum ersten Mal, wie sie es anstellen soll, *hier* zu bleiben, genau hier, wo sie seit dreiundzwanzig Jahren lebt, und ob sie das Meer, wann immer sie an seinem Ufer entlanggeht, jetzt hassen muss.

Gemeinde Kerlé, 12.437 Einwohner, zwanzig Kilometer westlich von Lorient gelegen, Département Morbihan, Region Bretagne.

Das Einstellungsschreiben zählt noch ein paar weitere, wahllos wirkende Informationen auf. In diesem Teil Frankreichs kennt Marcus sich nicht aus, aber die Vorstellung, am Meer zu arbeiten, findet er verlockend, es erinnert ihn an seine Kindheit im Département Var, und auch der Umgang mit dem Wind ist ein Teil seiner Arbeit, der ihm besonders gut gefällt, es zwingt einen dazu, besonders genau zu sein. Sein Arbeitseinsatz wird ein Jahr und acht Monate dauern, heißt es im unteren Abschnitt des Briefes.

Auf dem Bett wartet sein Koffer mit aufgerissenem Maul, nur halb gefüllt mit dem Allernötigsten: ein paar Klamotten fürs Wochenende, ein Skizzenheft und seine Jazz-CDs. Er wird mit dem Zug anreisen, durch das Land fahren, aus dem Fenster auf die vorbeiziehenden Welten blicken und sich fragen: *Was machen die wohl den ganzen Tag, warum leben sie in diesem Dorf oder dieser großen Stadt, direkt neben der Bundesstraße oder unter dem Glockenturm einer Kirche?*

Aber als Marcus dann seinen Sitzplatz Nummer 58 in Wagen 7 eingenommen hat, fühlt er sich doch nicht recht wohl. Er ist es nicht gewöhnt, dass sein Blick, wenn er *etwas von der Welt* sieht, in die Horizontale schweift. Für gewöhnlich richtet sich der Blick von seinem Kran aus nach unten. Am Boden spielt sich klitzeklein das Leben ab. Zu seinen Füßen gibt es weder Chaos noch Aufregung, die meiste Zeit über passiert nichts, nur ein ständiges Hin und Her. Es erinnert an die gleichmäßigen Bewegungen der Wellen bei ruhigem Wetter, winzige Hüpfer sind eine Vielzahl von langsamen oder schnellen Schritten auf dem Asphalt, beinahe meint er hören zu können, wie Kiesel unter weicheren Schuhsohlen leise rutschen und unter harten Sohlen reiben. Die Worte, die fünfzig Meter unter ihm gesprochen werden, sind wie die Blätter der Bäume, wenn ein unsteter Wind sie durch die Luft wirbelt, sie dringen nicht zu ihm nach oben, nur hin und wieder erkennt er einen bestimmten Akzent, vernimmt eine schrillere Stimme, einen Schrei.

Baustellen wie die in Kerlé gefallen ihm besonders, weil sie sich mitten im Stadtzentrum befinden. Er sieht darin so etwas wie einen Ausgleich zu seiner Kindheit auf dem Land, im Hinterland der Mittelmeerregion, eine scheinbar endlose Aufeinanderfolge von Tagen, deren erdrückende Eintönigkeit seine einzige Erinnerung ist, Tage, an denen die alles überragende Langeweile und die erzwungene Tatenlosigkeit auf seinen jungen Schultern lasteten wie Blei.

Sein Vater war arbeitslos und blieb es sein ganzes Leben lang. *Ich war immer mit Nichtstun beschäftigt*, erklärte er, nicht ohne eine Spur Stolz in der Stimme. Catherine, seine Mutter, war Hausfrau, auch wenn ihre Funktion aufgrund ihres nicht arbeitenden Mannes eigentlich überflüssig war. Eines Tages hatte sie jedoch den Gedanken geäußert, sich

Arbeit suchen zu wollen. Bernard hatte mit Unverständnis reagiert, bei ihr dagegen entwickelte sich der Gedanke allmählich zu einer fixen Idee, und sie drohte ihrem Mann, dass sie ihn verlassen würde. Als ihr Mann so tat, als würde ihn das nicht kümmern, hatte Cathy eine Stelle im Elsass angenommen und an einem Novemberabend siebzehn gemeinsame Lebensjahre in ihren Kofferraum verfrachtet und kräftig gedrückt, damit alles reinpasste. Dann hatte sie ihren elfjährigen Sohn umarmt und war losgefahren Richtung Nordosten.

»Was soll ich dir sagen, sie hat sich eben in einen anderen verliebt«, hatte sein Vater schulterzuckend erklärt. Dann hatte er eine Dose Bier geöffnet und hinzugefügt: »Ich bin angeblich nicht ehrgeizig genug.« Er ließ sich auf das Sofa im Wohnzimmer fallen. »Wirst schon sehen, das wird nett mit uns beiden.«

Darauf folgte langes Schweigen, und Marcus wagte nicht, irgendwelche Einwände zu erheben.

»Ich hab mich halt in einen anderen verliebt, was soll ich dir sagen.« Selbst seine Mutter machte sich nicht die Mühe, ihm eine bessere Erzählung aufzutischen. »Dein Vater hat nie irgendeinen Ehrgeiz an den Tag gelegt, das ermüdet auf die Dauer.«

Danach entschuldigte sie sich dafür, umziehen zu *müssen*, versprach, dass sie sich *ganz oft* sehen würden – in Wahrheit jedes dritte Wochenende. Das Fortgehen seiner Mutter stürzte Marcus in eine tiefe Unsicherheit. Er hatte nie so richtig verstanden, warum seine Eltern ein Paar gewesen waren, dass in seiner Familie verzerrte Zustände galten, war nichts Neues, zugleich versetzte es ihm aber einen heftigen Stich, rief einen sehr tiefen Schmerz hervor, dessen Narben nie mehr ganz verheilten. Um die väterliche Apathie nicht in Ablehnung zu verwandeln, hütete er sich jedoch vor jeglichem Widerspruch.

Von seiner Mutter im Stich gelassen, gab es für Marcus nicht viel, da war niemand, der den frei gewordenen Platz neben seinem Vater hätte einnehmen können. Marcus erinnert sich gut an das Leben *danach*. Es gab keinen festen Tagesablauf, kein ›es ist Zeit für‹ irgendetwas, sein Vater stand meistens nach zehn Uhr auf, schlief tagsüber, wann immer es ihm passte, ging aus, wann immer ihm danach war. Sein Leben war frei von Zwängen und so gut wie frei von Stress, da das Arbeitslosengeld und das vom Großvater geerbte Haus für sein hartnäckiges Nichtstun mehr als genügten.

»Ich bin in einem Elternhaus aufgewachsen, wo die Messlatte sozusagen knapp über dem Fußboden hing«, vertraute Marcus eines Abends seinem neuen Kollegen Yann von der Baustelle in Kerlé an, als sie zusammen einen trinken waren und die schwer verträgliche Wahrheit schließlich, vermischt mit alkoholischen Getränken, in einer Lache vor der Bar endete.

Die Eltern seiner Freunde arbeiteten damals fast alle, sie brachten beim Abendessen die Erfolge oder Misserfolge des Tages heim und diskutierten hitzig über die Ziele und Pläne einzelner Familienmitglieder. In Marcus' Alltag kam so etwas nie vor. Bernard, sein Vater, hatte keinerlei Ambitionen, und die Frauen, die kamen und gingen, fanden ihn toll, ganz egal, was er mit seinem Leben anstellte, es schien bei ihnen so eine Art Reflex zu sein. Als wären sie dazu erzogen worden, alles gut zu finden. Er gab gerne damit an:

»Ich habe mir eine gute Soldatin ausgesucht.«

Was die jeweilige Freundin dann mit scherzhaft militärischem Gebaren bestätigte.

Es schien so, als wäre sogar die Landschaft um Marcus' Elternhaus herum untätig; eine flache, faule Einöde, die stets in typisch ländlicher Lethargie dalag. Von Zeit zu Zeit lief ein Hase am Fenster vorbei, das Gurren einer Ringeltaube war zu hören und hin und wieder das Motorengeräusch von der Vespa des Briefträgers. Das war alles.

In der Ferne lag das erlösende Mittelmeer, das Marcus zumindest kurzzeitig von seinen Zweifeln und Sorgen befreite. Darum stopfte er jeden Samstagmorgen ein paar labberige Sandwichs in eine Stofftasche, schwang sich auf sein Fahrrad und fuhr die Dutzend Kilometer bis zur Küste, wo er seine Zeit, im Sand liegend, verbrachte und fasziniert zum Himmel hinaufblickte. Er zählte die dunstweißen Wolken, die das Blau des Himmels aufhellten und sich zu vielfältigen Gebilden verformten, von denen er Zeichnungen anfertigte.

So verbrachte Marcus ganze Tage damit, die Form der Wolken zu entschlüsseln, und wenn er es müde wurde, mit hochgereckter Nase vor sich hin zu träumen, dann richtete er sich auf, machte es sich im Sand bequem, ließ den Blick in eine entgegengesetzte Unendlichkeit schweifen und blickte weit über das Meer auf den Horizont. Er brauchte diese Gegensätzlichkeit der Dinge, um sowohl die Abwesenheit seiner Mutter als auch die Trägheit seines Vaters zu vergessen, jenes Nichts, das Jahr für Jahr die Räume ausgefüllt und den Stillstand hatte einziehen lassen.

Aber was Marcus im Grunde genommen mehr als alles andere zusetzte, war die Ungeniertheit, mit der sein Vater auf sein eintöniges Leben blickte. Er gefiel sich in seiner Rolle, war zufrieden mit seiner Wahl, nichts mit seiner Zeit anzufangen, als würde er damit gegen das gehetzte, nervöse Dasein der anderen ein Zeichen setzen. In gewisser Hinsicht hätte Bernards Verhalten als eine Form von Philosophie, eine alternative Lebensanschauung durchgehen können – diese Fähigkeit, sich von allem frei zu machen, hat in der Tat etwas Bewundernswertes –, aber die Wahrheit war, dass der einzige Beweggrund für dieses Übermaß an Passivität seine Faulheit war. Und damit konnte Marcus sich nicht abfinden.

Marcus rackerte sich wohl auch aus Widerstand in der Schule ab wie ein Blöder, brachte glänzende Zeugnisse nach Hause, die Bernard keines Blickes würdigte.

»Schön blöd, aber wenn du Karriere machen willst, dann ist das dein Problem«, schnaubte er ihm zu, dazu oft ermuntert von einem alten, nach Pastis riechenden Freund, der das alles zum Lachen fand.

An einem Abend im Mai, als Marcus siebzehn war, rief der neue Mann seiner Mutter an, um ihnen mit erstickter Stimme den Tod seiner Frau zu verkünden, *von einem Lastwagen überfahren, gleich hier um die Ecke, und …* Da fasste Marcus, niedergedrückt von einer unbestimmten Traurigkeit, den Entschluss, seine Zelte anderswo aufzuschlagen.

Mit achtzehn Jahren, das Abitur in der Tasche, fuhr Marcus nach Paris. Drei Jahre lang widmete er sich unzähligen Gelegenheitsjobs und legte eine ansehnliche Summe zur Seite. Davon bezahlte er seine Ausbildung auf der Baustelle und spezialisierte sich rasch weiter. Das Bedürfnis, endlich eine neue Perspektive zu finden, ließ Marcus Bogat Kranführer werden.

Line sieht Anka schon von Weitem.

Sie geht mit schnellen, unsicheren Schritten, als würde sie humpeln, hat den Kopf eingezogen und die Hände tief in die Taschen geschoben.

»Hast du ihr nicht gesagt, dass ich ihr freigebe?«, fragt Line Flanagan, den irischen Coloristen, doch der zieht nur kurz die Schultern hoch, empört darüber, dass Line seine Zuverlässigkeit infrage stellt.

»Na klar hab ich ihr das gesagt, was denn sonst, schließlich hast du mich ja gebeten, es ihr zu sagen, also habe ich es ihr gesagt.«

Line blickt Anka mit gemischten Gefühlen entgegen. »Lieb von dir, Flan, aber offenbar hat sie es nicht verstanden ...«

In dem Moment schiebt Anka sich an ihnen vorbei, ihre Begrüßung fällt sehr spärlich aus, gerade mal drei missmutig hervorgestoßene Wörter bringt sie zustande, um von vornherein jeglichen Protest im Keim zu ersticken.

»Was machst du hier?« Line folgt ihr mit hüpfenden kleinen Schritten; ihre Augäpfel treten aus den Höhlen hervor, sie gleicht einem Mops in Habachtstellung.

»Wonach sieht's denn aus?«

»Anka, wir haben uns schon arrangiert, wir kommen ohne dich zurecht, du kannst nach Hause gehen.«

Sie hört nicht, was Line zu ihr sagt, so oder so dringt seit Tagen nichts mehr zu ihr durch. Sie handelt, ohne nachzudenken, und es fühlt sich an, als wäre sie vorübergehend von jeder zusätzlichen Empfindung befreit, als würde der Kummer, der sich wie ein Gummi in ihr ausbreitet, bereits den ganzen Raum beanspruchen.

Anka dreht sich zu Line um, legt den Zeigefinger an die Lippen, macht Psst und verschwindet in der Kammer, um in ihre Uniform zu schlüpfen: einen pinkfarbenen Kittel und dazu Clogs aus Gummi.

Ihre erste Kundin kommt ohne Termin. *Dreiundsechzig Jahre, mittellange, spröde, kastanienbraune Haare, fettiger Ansatz, trockene Spitzen, brüchige Haarfasern.* Diese Informationen laufen durch Ankas inneren Scanner, dem sie normalerweise, ohne zu zögern, trauen kann. Die Kundin hält Anka ein Foto von Claudia Schiffer unter die Nase. Es handelt sich um eine ziemlich mitgenommen aussehende, aus einer Zeitschrift ausgerissene Seite, von der ihr das wohlbekannte immerjunge Puppengesicht entgegenblickt, umrahmt von einer engelsgleichen Haarpracht.

»So will ich aussehen«, verkündet die Dame.

Anka studiert die Aufnahme des deutschen Models gründlich, dann wendet sie sich wieder ihrer Kundin zu und betrachtet sie aufmerksam.

Line steht hinter ihr, sie ist mitten in den Wechseljahren, weshalb ihr Körper sie mit Angstschüben und heftigen Hitzewellen plagt. Sie schwitzt unter den Brüsten und hält den Atem an.

Anka greift nach dem strohigen Haar der Frau und reibt

es leicht zwischen den Fingerspitzen, um dessen Textur kennenzulernen. »Tut mir leid, das geht nicht«, sagt sie schließlich.

»Warum nicht?«, hakt die Kundin nach, und ihre Stimme, die sich dabei leicht überschlägt, verrät etwas von ihrer beginnenden Verärgerung.

»Weil Sie sprödes und trockenes Haar haben, wenn wir das überfärben, dann bricht es.«

Die Frau blickt Anka an und verdreht die Augen. »Und warum geht man dann zum Friseur?«

»Weil der einen davon abhält, die Haare, die man noch hat, zu ruinieren.«

»Dann schneiden wir sie eben ab.«

»Abschneiden geht.«

»Oder ein Stufenschnitt.«

»Auch eine Möglichkeit.«

»Oder wir machen es wie bei Claudia, nur eben kürzer, dann riskieren wir nicht so viel.«

»Ich rate Ihnen davon ab. Wirklich.«

»Oder wir machen gar nichts.«

»Auch in Ordnung.«

Die Kundin überlegt angestrengt, man sieht ihr an, wie ihre Gedanken sich im Kreis bewegen, während sie zu Boden starrt und den Kopf ganz leicht von rechts nach links bewegt.

»Ich brauche dringend eine Veränderung.« Sie holt tief Luft, dann blickt sie im Spiegel entschlossen zu Anka und sagt: »Ich will mein Leben ändern.«

»Überlegen Sie in Ruhe, ich bleibe solange in der Nähe.«

Anka macht ein paar Schritte von ihr weg, seufzt leise,

da tritt Line auf sie zu. »Geh nach Hause, ich kümmere mich um die Dame, ruh dich aus.«

»Aber ich bin nicht müde!«

»Meine Liebe, du trauerst, und trauern ist anstrengend.«

In dem Moment meldet sich die Kundin, man sieht ihr an, dass sie einen Entschluss gefasst hat, den sie rasch loswerden will, und sie sagt laut: »Ich habe es mir überlegt. Ich will meine Haare abschneiden lassen. Und zwar ganz kurz. Wie ein Mann. Wenn man sein Leben ändern will, fängt man am besten bei seinem Aussehen an, oder?«

»Ja.«

Anka lächelt, ihr gefällt die Vorstellung, sich ausnahmsweise mal um ein Gesicht zu kümmern, das überraschend jugendlich aussieht, und ihr gefällt die große Mission, die damit verbunden ist.

»Sind Sie sicher?« Line unternimmt einen Versuch, sie umzustimmen, aber Anka hat sich bereits hinter der Kundin aufgebaut, in der rechten Hand die Schere, deren Spitze wie der Pistolenlauf eines abwartenden Cowboys noch Richtung Boden deutet. Sie ist überzeugt, dass diese Geschichte im Desaster enden wird, die Frau hat nicht das Gesicht für einen Kurzhaarschnitt. Daran besteht kein Zweifel, denn zugegebenermaßen sieht sie mit den langen Haaren schon ziemlich daneben aus, ein schlaffes, aufgedunsenes Gesicht, sodass es einem ästhetischen Selbstmord gleichkommt, an ihren braunen Haaren herumzuschnippeln, die immerhin einen Teil ihres Gesichts verdecken.

Doch Anka macht sich frisch ans Werk, mit der Entschlossenheit einer Forscherin, und fängt an, hier und da den Haarschopf zu lichten und die Kundin so von einem Teil ihres Selbst zu befreien, und je mehr sie abschneidet, umso besser fühlt sie sich. Der anderen Frau etwas abzunehmen, sie von einer Last zu befreien erleichtert sie irgendwie. Sie, die so viel verloren hat.

Danach ist es an der Kundin, sich eine lange Weile im Spiegel zu betrachten, die neue Form der Haarsträhnen auf ihrem Kopf zur Kenntnis zu nehmen und eine vorher nicht da gewesene Ausgewogenheit in ihren Zügen zu entdecken, mit der niemand gerechnet hatte.

»Verdammt!« Sie fährt sich mehrmals mit den Fingern durch ihr verbliebenes Haar, jene nun stark gekürzte Masse, die sie zwischen den Fingern reibt, als würde sie Erde kneten. »Ich bin nicht schön.«

Dann dreht sie sich zu Anka um, und ihr Gesicht leuchtet, was gar nicht zu ihren Worten passen will. Sie betrachtet sich erneut im Spiegel: »Aber jetzt ja. Jetzt sehe ich schön aus.«

»Ich weiß«, pflichtet Anka ihr bei. »Ich weiß.«

Und dann, genauso als würde sie zu ihr sagen *Gleich tanze ich*, verkündet die Kundin: »Gleich weine ich.«

Sogleich springt Anka vergnügt auf. »Kommen Sie.«

Sie führt die Dame in die Küche im hinteren Bereich des Friseursalons. »Hier haben Sie ein bisschen mehr Ruhe.«

Sie platziert sie dort auf einen Stuhl, reicht ihr einen Stapel Taschentücher und legt ihr mitfühlend die Hand auf die Schulter: »Weinen Sie ruhig, Madame.«

Während die andere ihr Glück herausschluchzt und ihre Freude in einem Strom aus gelblichem Rotz entlädt, steht Line im Türrahmen und betrachtet die Szene mit gerunzelter Stirn. Das gab es noch nie, niemals hat sie so eine Situation miterlebt: Das geht doch nicht, so mit einer Kundin umzuspringen und sie anschließend ins Hinterzimmer zu geleiten …

Sie weiß sehr gut, dass sie knapp an einer Katastrophe vorbeigeschrammt sind, dass Ankas Erfolg viel mehr mit Glück als mit Können zu tun hat und dass sie auch nicht recht über die Konsequenzen nachgedacht hat, also packt sie Anka am Arm, zieht sie ein Stückchen beiseite, und nimmt ihr Gesicht fest zwischen beide Hände.

»Was machst du da? Das ist eine Kundin, keine Puppe! Du hast vor drei Tagen deinen Vater verloren, Anka. Das ist schlimm, meine Liebe. Ist dir das eigentlich klar, wie schlimm das ist?«

Der Blick von Anka, deren Gesicht zwischen den zierlichen Handgelenken ihrer Patentante eingeklemmt ist, verrät keine Regung.

»Aber die Kundin ist doch glücklich!«

»Woher willst du das wissen?«

Auf einmal lässt Line Ankas Gesicht wieder los, die sich sogleich, als wollte sie ablenken, erneut an die Kundin wendet.

»Weinen Sie nur, Madame, weinen Sie nur, wenn es Ihnen guttut.«

Als einzige Antwort schnieft die Kundin ein paarmal geräuschvoll.

»Sie findet's doch toll, worüber beschwerst du dich also eigentlich?«

Line seufzt, und niemand bemerkt, wie sie ganz leicht die Schultern hochzieht, sie meint es doch gut und fühlt sich ungerecht behandelt, aber Trauer hat ihre eigene Hierarchie, die schnell zu Machtmissbrauch führt, gegen den sie nichts ausrichten kann.

»Raus mit dir, geh deine Mutter besuchen, die braucht dich!« Line ist etwas lauter geworden, ihr Blick ist fest und ihr Ton streng. Sie schickt ihren jungen Schützling fort.

»Ich will dich hier erst in einer Woche wiedersehen!«

Als die Netze wieder an Bord sind, wo zylindrische Turbinen sie an sich ziehen, geben sie die Fische frei. Anka kennt den Ablauf genau. Ihre aufregende und zugleich recht schmutzige Aufgabe besteht darin, die Tiere aus den Netzen herauszunehmen und einzeln in eine Kiste zu werfen. Es ist das erste Mal, dass Anka bei einem dieser Massenfänge mithilft, unter der Anleitung eines erfahrenen Seemanns oder eines Auszubildenden, der kaum älter ist als sie, Jungs aus der Umgebung, Berufsschüler, die Küstenfischer werden wollen, also genau das, was sie später auch machen möchte. Für sie ist das dermaßen klar, dass sie noch nicht einmal mit ihrem Vater darüber gesprochen hat.

Es ist kalt an diesem Samstag, über ihrer Fleecejacke trägt sie eine alte Öljacke und Gummihandschuhe und hat die Mütze bis über die Ohren gezogen. Ihre Nase kriegt den ganzen Rest ab: die Windböen, das Salz und unzählige Wasserspritzer. Sie beklagt sich nicht.

Wieder und wieder fragt ihr Vater sie: »Alles in Ordnung?«

Woraufhin sie jedes Mal nickt und ihn im Stillen bittet, damit aufzuhören, doch es endet nicht, weder seine Besorgnis noch seine Vorsichtsmaßnahmen. Am allermeisten hasst sie die Verbote, wenn etwas zu gefährlich sei. Manchmal möchte Anka ihrem Vater ins Gesicht schreien, dass er doch ganz genau wissen müsse, wie sehr alles an Bord mit der Gefahr flirtet, dass es doch eigentlich gar nichts anderes gibt als das Abenteuerliche, Gefährliche, Furchterregende, Tödliche. *Ja, du hast mich richtig verstanden, Vladimir, auf einem Schiff kommt es schon mal vor, dass Leute ihr Leben verlieren, abkratzen, krepieren, ja, manche sterben sogar.*

Natürlich sagt sie nichts dergleichen. Ihr Vater ist der Kapitän, ihm muss sie voll und ganz vertrauen, und wenn er um sie besorgt ist, auch wenn es ihr manchmal übertrieben erscheint, muss es dafür einen Grund geben. *Schließlich bin ich erst zwölf.*

Trotzdem kommt es vor, dass Anka sich übermütig an seinen Hals hängt, ihre Hände in seinem Nacken zusammenführt, bis sie ihre Finger ineinander verschränken kann, um sich besser halten zu können. In dieser Position küsst sie ihren Vater auf beide Wangen und fleht ihn an.

»Lass mich auch mal ein bisschen fahren, nur ein ganz kleines bisschen.«

»Ich liebe dich, also ist die Antwort nein, und zum fünfzigsten Mal, es heißt nicht fahren, sondern steuern.«

Für den Moment lässt Anka den Hals ihres Vaters los, löst sich aber nicht von der Vorstellung, eines Tages das Steuer zu übernehmen.

Marcus klettert die achtundsiebzig Sprossen der Eisenleiter hinauf. Oben angekommen, öffnet er die Tür zur Kabine, steigt tief geduckt über die Umrandung, um sich in den winzigen Raum hineinzuzwängen, und nimmt dann, einer schon hundertfach ausgeführten Choreografie folgend, auf seinem Ledersitz Platz, ein Schalthebel auf der linken, ein Schalthebel auf der rechten Seite. Neben ihm auf der Ablage, ganz nah an der Fensterscheibe, liegt ein Schinken-Käse-Sandwich, eingewickelt in Metzgerpapier.

Sobald er in der Kabine seines Liebherr 280 EC-H sitzt, einundfünfzig Meter über den gefrorenen Pflastersteinen, schweift sein Blick über die Baustelle, die in diesem Stadium noch ein gähnendes Loch im Boden ist, 1.500 Quadratmeter voller Steine und Erz, und dann wandert er weiter über die etwas höher liegende Umgebung, eine sanft erhobene Februarlandschaft. Der späte Nachmittag zögert die Abenddämmerung noch hinaus, hier und dort blinken Lichter – entlang der Straßen, an den Fassaden der Häuser, in den Schaufenstern der Geschäfte. Stets finden sich die tausend Glühbirnchen in kleinen Grüppchen zusammen und bieten ihm jedes Mal ein anderes Bild, wenn sie verärgert über das Pusten des Windes ihren Tanz aufführen.

Sein Anemometer zeigt eine Windgeschwindigkeit von siebenundsechzig Stundenkilometern, die Schalen des Messgeräts drehen sich auf vollen Touren, die Böen winden sich wie Schlangen um die stählernen Masten seines Krans, aber das Gerüst bewegt sich keinen Zentimeter vom Fleck.

Direkt unter ihm wirft das im Entstehen befindliche Bauwerk, das noch wie ein Gerippe anmutet, seltsame Schatten, steife Silhouetten, die Umrisse einer unfertigen Armierung, die im Dämmerlicht daliegt. Marcus ist das alles nicht mehr neu. Seit drei Wochen arbeitet er nun auf dieser Baustelle und wohnt tagtäglich den statischen und dynamischen Prüfungen bei, die vorschnelle oder gar schludrige Einsätze des Krans verhindern sollen.

Aus zwei tragbaren Lautsprecherboxen erklingt gefühlvolle Jazzmusik. Marcus liebt die Songs und kennt sie alle auswendig. Den Namen des Komponisten, *David Eskenazy, mein Star*, und den des Albums, *Longing for Gravity*, behält er jedoch unter allen Umständen für sich. Ob aus Eigennutz oder Bequemlichkeit, eine Spur Überheblichkeit ist sicherlich auch dabei, jedenfalls glaubt er nicht, dass seine Kollegen von der Baustelle diese Musik ausreichend zu würdigen wüssten. Obwohl er ansonsten größten Respekt vor ihnen hat, geht er davon aus, dass seine Musik für diese wortkargen, eher praktisch veranlagten Männer mit Sicherheit zu komplex ist.

Manchmal versucht er, seine Liebe zum Jazz mit seinen Frauenbekanntschaften zu teilen, die jedoch häufig nicht so recht wissen, weder was sie mit diesem merkwürdigen Swing noch mit seinem Beruf anfangen sollen. Meistens verlaufen seine Liebschaften im Sande, weil Marcus es irgendwann müde wird, immer wieder versichern zu müssen, dass er keine Pornobildchen oder Fotos von nackten Frauen da oben in seiner Kabine kleben hat. Nur die wenigsten haben sich getraut, selbst nachzusehen. Den anderen wurde meist schon beim Gedanken daran schwindelig.

Marcus' Vater wiederum findet es bedauerlich, dass sein Sohn die Familientradition, das Nichtstun, zugunsten eines richtigen Berufes, und eines derart abgeschmackten noch dazu, hinter sich lässt.

Abgesehen von Yann, dem Bauleiter, mit dem er aus beruflicher Verpflichtung zusammenarbeitet und den er aufrichtig schätzt, kennt Marcus niemanden in der Gegend. Er ist das gewöhnt, das hat bei ihm System, es ist die zigste Version eines Schemas, in dem er sich seit Jahren immer wieder neu einrichtet.

Die einzige Konstante, die es in seinem Leben gibt, ist sein Kran, seine mit Strebebögen verstärkte Kabine aus Plexiglas, die jede seiner Bewegungen und Regungen erfasst. Marcus breitet die Arme in einem Hundertachtzig-Grad-Winkel aus, stemmt die Hände beidseits gegen die Wände seines Cockpits und drückt mit den Handflächen dagegen, als ob jene unendlich schönen Jazzklänge ihn dazu beflügeln könnten, sein himmlisches Refugium zu sprengen.

Um 16 Uhr 57 an diesem Mittwoch sieht er unter sich am Boden eine Gruppe von beweglichen Lichtern aus der Kirche kommen, und zuerst denkt er an irgendwelche umherhuschenden leuchtenden kleinen Tierchen. Auf den zweiten Blick könnte es auch ein Fackelzug sein. Marcus ist fasziniert, sucht hastig nach seinem Fernglas und beobachtet die leuchtende Truppe lange. Im Zentrum seines Blickfelds tauchen rund vierzig Männer und Frauen auf, die

Laternen und Blumensträuße in den Händen halten, eine seltsame Prozession, die sich langsam Richtung Meer bewegt. Er stellt sich von hoch oben ein Lied dazu vor, eine von traurigem Gesang getragene Litanei, leise gemurmelte Worte in einer Melodie, die so schleppend daherkommt wie ein heruntergeleiertes Gedicht. Die Spitze des Zuges bilden Seemänner in ihren schmuddeligen Öljacken, gefolgt von ein paar jungen Leuten und Frauen, darunter eine, links und rechts untergehakt, im Übrigen recht hübsch, an der Marcus' Blick hängen bleibt. Sie erinnert ihn an eine Heldin aus einem Jane-Austen-Roman. Umgeben von all diesen zerfurchten und vom Meereswind gepeitschten Gesichtern, von den unablässigen Streicheleinheiten des beißenden Salzwassers gerötet, strahlt sie wie die Sonne.

Sie scheint Teil eines Trauerzuges zu sein, so sieht es zumindest aus, nur dass diese Leute ohne Sarg durch die Stadt ziehen, ohne Pfarrer oder dunkle Kleidung. Die Gruppe, die auf ihrem Weg zum Strand immer weiter auseinanderdriftet, schreitet gemessenen Schrittes voran. Ein paar Schaulustige bleiben neugierig stehen und lassen den Trupp an sich vorüberziehen.

Am Strand angekommen, versammelt sich die Gruppe noch einmal. Aus seinem kleinen Kabuff in luftiger Höhe beobachtet Marcus sie aufmerksam. Die strahlend schöne Frau steht allein direkt am Ufer, die restliche Truppe bildet hinter ihr einen Halbkreis.

Marcus kann ihr Gesicht nicht sehen, da sie ihm den Rücken zuwendet. Ihre halblangen Haare flattern im Wind. Einige reichen ihr Blumen, die sie zu einem Strauß zusammenfasst, andere stellen Windlichter vor ihr in den

Sand, über den immer wieder gierig die Gischt hinwegleckt.

Die junge Frau macht ein paar Schritte nach vorn, bis sie mit den nackten Beinen knietief im eisigen Wasser steht, während der vor ihr liegende Horizont nach und nach die Sonne verschluckt. Mit einer Handbewegung wirft sie die zusammengebundenen Mimosensträuße ins Meer, verharrt einen Augenblick regungslos und scheint zu beobachten, wie die Blumen sich auf der Wasseroberfläche wiegen.

Es ist ein merkwürdiger Anblick. Mit aller Macht sinkt nun die Nacht über den Tag, drängt ihn in den Schatten, und mit einem Schlag ist es dunkel, der Atlantik schimmert grau. Die Flammen der Kerzen, die hinter ihren Glaswänden züngeln, leuchten in der Ferne wie Notlichter in der Nacht.

Marcus denkt an sein Kinderzimmer unten im Süden des Landes, an jenes rosa Lämpchen, das seine Mutter damals immer in die Steckdose an seinem Bettende steckte, bevor sie sich mit einem geflüsterten »Gute Nacht, mein Schatz« verabschiedete und die Tür hinter sich schloss.

Am Boden endet die Zeremonie allmählich mit einem rituellen Lied, die Teilnehmer halten sich jetzt an den Händen und bilden einen Kreis um die auf dem Sand abgestellten Lichter. Marcus meint sogar den Gesang zu erkennen, der durch die salzige Luft zu ihm getragen wird.

Er weiß nicht genau, was der Anlass für diese Versammlung ist, er vermutet eine Huldigung des Meeres oder für eines seiner Opfer, irgendein Brauch, bei dem man die Elemente der See darum bittet, die Handwerker des Ortes zu verschonen, die Fischer, die Männer auf den

Trawlern, die Frachter, irgendeine traditionelle Zeremonie, was weiß er schon, das Fest des Herings oder so. Er kennt sich in der Bretagne nicht aus, und unter solchen Umständen kommt ihm sein Posten hoch oben auf seiner Maschine entgegen, weil das, was er da unten beobachten kann, ihm ziemlich rätselhaft vorkommt.

Anka friert. Line hat etwas zu fest den Arm um sie gelegt, und sie versucht unauffällig, sich aus dieser Umklammerung zu befreien.

Dass sie hier dabei ist, bei dieser Zusammenkunft, die sie nur widerwillig organisiert hat, ist ihre Art und Weise, dem Kummer der anderen etwas Raum zuzugestehen. Sie will unbedingt einen *professionellen* Eindruck machen und diesen Trauerzug, den Line und auch andere ihr vorgeschlagen haben, mit Würde anführen, ohne eine Träne zu vergießen, und damit beweisen, was es heißt, eine gute Fischerstochter zu sein, nämlich dass man sich dem Risiko unterwirft, seit Langem, schon immer. Es kann sie doch nicht verwundern, dass das Meer sich ihn geholt hat, oder zumindest kann sie es sich nicht anmerken lassen. Es ist ihre Art, sich vor der Traurigkeit zu schützen, ganz so als hätte sie ihre Trauer in gewisser Weise schon vorweggenommen, lange bevor er gestorben ist. Was bleibt einem auch anderes übrig, wenn der Vater zur See fährt?

Deshalb strengt sie sich seit seinem Verschwinden jeden Tag und jede einzelne Stunde hartnäckig an, den Riss in ihrem Innern, die Kluft, aus der eines Tages vielleicht der Schmerz ausbrechen könnte, geschlossen zu halten.

Sie zieht Schuhe und Socken aus, rollt den Saum ihrer Hose bis zu den Knien hoch, greift mit den Händen nach den Blütenstängeln und watet ins eisige Wasser hinein mit dem seltsamen Gefühl, gleich an den Knöcheln gepackt und von dieser zähen Hydra festgehalten zu werden, die sich hin- und herwindet, sich rücksichtslos überall ausbreitet.

Einen Moment lang verschlägt es Anka den Atem, dass sie sich nun im Meer befindet, wo diese gierigen Fluten doch neuerdings eine nie gekannte Angst in ihr wecken. Sie will zurückweichen, schnell die Rückkehr ans Ufer antreten, es erscheint wie eine sichere Zuflucht, die sie hoffentlich besänftigen wird. Sie wendet den Kopf der Versammlung aus vertrauten Gesichtern zu, die ihr alle zusehen, während sie mit den Beinen im eiskalten Wasser steht und ihrem Vater, dem Kabeljaufischer, den letzten Respekt erweist.

Am liebsten würde sie davonlaufen, einfach losrennen und sich so weit weg wie möglich irgendwo in der Erde vergraben. Aber natürlich wird sie nichts dergleichen tun, denn seit Vladimirs Verschwinden hat Anka alles im Griff, ihre Angst ebenso wie ihre plötzliche Abscheu vor dem Ozean, vor dem Seetang-Geruch und den Salzschlieren darin, und dies hier wird ganz sicher nicht der Moment sein, in dem sie einknickt.

Also geht sie noch einen Meter weiter, bis ihr das Wasser bis zur Taille reicht und ihre Hose vollkommen durchnässt ist, und schiebt die blühenden Zweige über die Wasseroberfläche von sich weg und flüstert ihnen zu, sich davonzumachen. Aber sie werden zu ihr zurückkehren, in einem Monat, einem Jahr oder in fünfzig Jahren, sie ahnt bereits, dass sie sie nicht loslassen werden, die verschwommenen Bilder ihres Vaters, der ihr aus dunklen Meerestiefen zuwinken wird und ihr die schwierige Trauer um eine Leiche auferlegt, die immer weiter von ihr wegdriftet.

Zurück am Strand, singt sie die Lieder in einem halb wachen, halb hypnotischen Zustand mit, während Line ihre Hand fest umklammert hält und sie auf das weite Meer hinaus blickt, es hasst, es herausfordert, es verflucht, ihren teuren Freund mitsamt seinen tausend Glücksmomenten, der mit einem einzigen Schlag und allein wegen des Verschwindens eines Körpers zum Feind wird, gegen den es sich zu rüsten gilt.

Anka erschrickt, als sie merkt, dass die Eingangstür nur angelehnt ist.

»Mama?«

Édith steht mitten im Wohnzimmer, hat ihren Mantel ausgezogen und einfach zu Boden gleiten lassen.

»Du hast die Tür offen gelassen.«

Édiths Blick ist starr auf den Fußboden gerichtet, sie wirkt nicht überrascht, blickt ihre Tochter kurz an und wendet sich dann wieder dem Teppich zu.

»Was machst du?«

»Ich warte auf jemanden.«

Ihre Mutter schenkt ihr ein etwas schiefes Lächeln und geht dann raschen Schrittes in den Flur.

»Auf wen wartest du?«, ruft Anka laut, damit es Édith auch im Schlafzimmer hört.

Als sie nach einer ganzen Weile immer noch keine Antwort erhält, macht Anka sich Sorgen. Sie geht den Flur entlang bis zum Schlafzimmer, klopft an die Tür und wartet auf eine Antwort, die aber nicht kommt.

Anka betritt das große Schlafzimmer und findet ihre Mutter zu ihrer Überraschung schlafend auf dem breiten Bett.

Sie bleibt einen Moment am Rand der Matratze sitzen, während Édith nur wenige Zentimeter von ihr entfernt mit angezogenen Beinen daliegt und tief und fest schläft, die Haut auf ihren teilweise unbedeckten Beinen glänzt und ist durchscheinend, auf einmal zeigen sich deutliche Zeichen des Alterns. Auf Édiths Handrücken sind jetzt kleine braune Flecken zu sehen, und die bläulichen Adern darunter, angeschwollen zu kleinen Röhren, zeichnen Wege kreuz und quer. Das graue Haar ihrer Mutter liegt wie Watte auf dem rosafarbenen Kopfkissen. Es ist lange her, seit sie zuletzt darübergestrichen hat. Anka streckt ihre Hand aus und berührt ganz leicht die flaumweichen Strähnen, die sich unglaublich fein anfühlen, und wundert sich darüber, wie weich die Beschaffenheit der Haare mit den Jahren geworden ist.

Später rollt sie sich im Wohnzimmer zusammen und schläft, während sie darauf wartet, dass Édith wieder aufwacht, selbst ein.

Als sie erwacht, sitzt ihre Mutter neben ihr und tippt eine lange Nachricht in ihr Telefon. Man sieht, wie schwer es ihren ungeschickten Fingern fällt, den Blick hat sie dabei starr auf das Display gerichtet. Das ist ziemlich untypisch für sie.

»An wen schreibst du?«

»Madeleine.«

»Was für eine Madeleine?«

»Meine Cousine.«

Anka braucht einen Moment, sie hatte schon immer Mühe damit, sich die familiären Verflechtungen zu merken.

»Die Nonne?!«

Édith nickt mehrmals. Anka ist weiter ratlos, sie weiß, dass ihrer Mutter Religion gleichgültig ist.

»Aber wozu?«

»Ich bitte sie, für mich zu beten, damit mein Mann zurückkommt.«

Dies ist etwas, was Édith schon immer getan hat, von Ankas Vater nur als ihrem Ehegatten zu sprechen, sogar ihrer gemeinsamen Tochter gegenüber. So ist es immer gewesen, als wäre Vladimir dazu bestimmt, zwei voneinander getrennte Identitäten zu besitzen, die des Ehemannes und die des Vaters, die beide niemals zusammenkommen. Durch sein Verschwinden werden seine Frau und seine Tochter in ganz ähnlicher Weise in zwei unterschiedliche Richtungen gedrängt. Es ist offensichtlich, wie unterschiedlich ihre Trauer ist: Die eine denkt über eine mögliche Rückkehr des Ehemanns nach, die andere verweigert sich dieser Hypothese so vehement, dass sie manchmal nicht anders kann, als darüber zu lachen. Was den beiden Frauen fehlt, ist eine gemeinsame Front, eine Realität, die sie beide teilen.

Doch dieser Tod besitzt nichts, um Mutter und Tochter miteinander zu vereinen. Wenn ihre Tochter sich dafür entscheidet, Vladimirs Verschwinden als tödlichen Verlust aufzufassen, dann muss sie auch allein mit dieser Endgültigkeit zurechtkommen, meint Édith. Sie kann diese Last nicht tragen. Also hat Édith beschlossen, die Realität durch ein Wunschbild zu ersetzen, eine ewige Illusion, die niemanden zu irgendetwas zwingt, weder zum Kummer noch zum Aufgeben. Nur so fühlt sie sich in der Lage, die nötige Kraft zu schöpfen, um weiterzumachen.

Anka will ihre Mutter auf keinen Fall in ihrem Irrglauben bestärken und hat deshalb beschlossen, sich dagegen aufzulehnen. So trägt sie die Trauer um ihren Vater wie einen Akt des Widerstands vor sich her und zieht sogar einen gewissen Stolz daraus.

»Warum machst du das nicht selbst?«

»Was?«

»Beten, dass dein Mann zurückkommt.«

»Weil das nicht funktionieren würde. Ich glaube doch nicht an Gott, wenn ich jetzt mit dem Beten anfange, dann hält er mich für eine Opportunistin. Wenn Madeleine das macht, ist es viel überzeugender.«

Anka muss lachen. Édith ebenfalls.

»Du bittest also deine Cousine, dass sie für dich zu einem Gott betet, an den du nicht glaubst, in der Hoffnung, dass Papa zurückkommt, obwohl er tot ist!«

Jetzt lacht Édith nicht mehr.

»Behalte deine Ansichten gefälligst für dich, hörst du!« Ihre Stimme klingt schnippisch, es ärgert sie, dass sie soeben in einen Bereich gestoßen wurde, den sie doch auf keinen Fall betreten möchte. »Ich gehe am Strand spazieren. Kommst du mit?«

Anka antwortet nicht. Sie senkt den Kopf, um nicht in die hellen Augen ihrer Mutter blicken zu müssen. Wie soll sie ihr sagen, dass sie sich nicht länger den Blicken des Ozeans ausliefern kann, diesen Millionen azurblauen Linsen, durch die die Schützen des Meeres sie visieren, sie verspotten, bis sie sich ergibt.

Mit erhobenem Kinn murmelt Anka eine Entschuldigung, irgendwas mit ihrer Arbeit, und entfernt sich rückwärts aus dem Wohnzimmer wie die Diener der Könige lange vor ihrer Zeit.

Pierric wartet vor dem Hangar, die Hände vor seinem zugeknöpften Parka gefaltet. Er ist Polizist, aber wie er da steht, wirkt er eher wie ein Messdiener. Sogleich sieht Anka ihn wieder vor sich, zwanzig Jahre zuvor, in der gleichen Haltung, die der Pfarrer von Kerlé ihnen gezeigt hatte, damals, als sie den Gläubigen kleine Weidenkörbchen für die Kollekte hinhalten sollten.

In dieser Zeit hat Anka aufgehört, an Gott zu glauben. Sie hatte sich schon früher über den Dogmatismus geärgert und wollte sich von *der Schuld* befreien, seit sie begriffen hatte, zu was für einer Haltung sie einen zwang. Sie weigerte sich, beim sonntäglichen Gottesdienst um elf Uhr das weiße Gewand der kleinen Messdiener anzuziehen, und verließ die Kirche. Pierric und die anderen hat sie fallen lassen, sehr zum Leidwesen ihrer Mutter, die anschließend nicht müde wurde, sie zur Rückkehr überreden zu wollen.

»Ich mache mir nichts aus Jesus, und ich brauche den auch gar nicht, ich hab doch das Meer«, argumentierte sie. Im Vergleich dazu kam Gott ihr gewöhnlich und unbedeutend vor. Édith wusste nicht, was sie darauf erwidern sollte. Ihrem Vater war es egal.

Der Kommissar hält ihr jetzt die Wange hin, sie drückt ihm einen skeptischen Kuss darauf und ist schon auf dem Weg zum Hangar.

»Wie geht's?«, wagt er sich vor.

Er geht ein paar Schritte hinter ihr. Als Anka nicht antwortet, denkt er *Sie hat mich wohl nicht gehört.*

Pierric drückt auf einen Knopf ganz oben auf einer Fernbedienung, und die beiden Teile der breiten Metalltür gleiten zur Seite und öffnen sich weit vor einer dunklen Leere, wie ein aufgerissenes Maul, der Eingang einer Gruft, die nunmehr die Überreste eines einst geliebten Monsters beherbergt.

Die *Baïkonour* liegt ganz hinten.

Anka macht einen Schritt vor und pirscht sich vorsichtig heran wie an ein wildes Tier. Sie fühlt eine Mischung aus Aufregung und Trotz, doch ihre Angst und ihre Trauer fallen ihr in den Rücken, ein vernichtendes Gefühl macht sich in ihrer Kehle breit und hindert sie am Atmen. Sie möchte schlucken, irgendwie muss man diese Angst ja loswerden, aber nichts passiert, ihre Luftröhre scheint gelähmt zu sein, betäubt durch das Gift der Verzweiflung. Sie muss mehrmals husten.

»Geht's?«, macht der Kommissar einen erneuten Versuch.

Die *Baïkonour* schwebt lautlos im Wasser. Aus der dunklen Flüssigkeit, die schwarz ist wie die Nacht, steigt ein Geruch nach Seetang auf, vermischt mit Meersalz und Feuchtigkeit. Anka betrachtet die Maschine mehrere Sekunden lang, so wie sie sich ihr nun präsentiert, für immer ohne ihren Vater.

»Kann ich raufgehen?«

Pierric hat keine Einwände. »Wir sind fertig. Sie gehört dir.«

Sie dreht sich zu ihm um und sagt leise: »Danke.«

Er nickt. Schon wieder hätte er sie gerne in die Arme genommen, ihr Trost gespendet, irgendwas, aber er traut sich nicht. Einen Randalierer überwältigen oder einen Armlock bei jemandem ansetzen, das kann er, aber Anka gegenüber die richtigen Worte zu finden erscheint ihm unmöglich.

»Kannst du uns bitte allein lassen?«

Ein für alle Mal ausgebremst, verharrt er noch einen Augenblick stumm, dann stammelt er etwas Sinnloses vor sich hin und geht zum Ausgang zurück.

Während seine Schritte allmählich in Richtung Tageslicht verhallen, dringen Ankas noch ein Stückchen weiter in die Tiefe des Hangars ein, wo sich der Bug des Schiffes befindet, schlank wie am ersten Tag, die Bugwand intakt, der Name *Baïkonour* in großen dunkelblauen Buchstaben auf den silbrigen Rumpf geprägt, über den sie zärtlich hinwegstreicht, während sie den ganzen Weg wieder zurückgeht bis zum Achterdeck, wo der Portalgalgen senkrecht in die Höhe ragt und sie herauszufordern scheint.

Sie zieht ihre Schuhe aus und klettert an Bord. Anka sieht nicht viel, das Halbdunkel dringt überall hin, als würde das Licht, ebenfalls in Trauer, vollständig damit verschmelzen. Also tastet sie sich mit den Händen vor. Sie weiß ganz genau, wo die Dinge an Bord ihren Platz haben, und dass sie die Augen geschlossen hält, gibt ihren wirren Gefühlen den Raum, den sie brauchen. Nach einer Weile nimmt sie in Vladimirs Sessel Platz; vor ihr das Steuerrad, die Messgeräte, womöglich befinden sich in der Kabine noch irgendwelche Partikel von Vladimir, ein Rest der Luft, die er geatmet hat, Fingerabdrücke sicherlich, allerletzte Spuren eines geliebten menschlichen Körpers. Sie legt die Hände auf das Steuerrad und drückt fest zu.

Auf einmal fängt ihr Herz unter ihren Rippen wie wild an zu klopfen, und obwohl ihre Augen geschlossen sind, scheinen sie doch alles sehen zu können. Den Abgrund, den Verlust, den Riss. Und schließlich die unausweichliche Kapitulation, das Streichen der Segel.

Da weint sie zum ersten Mal.

Anka steht am menschenleeren Strand, den Blick aufs Meer gerichtet, in der Hand eine Zigarette, die der Wind für sie raucht. Mit wütenden Augen starrt sie auf diese unermessliche Weite und gibt sich keine Mühe, ihren Hass vor dem kilometerweit ausgedehnten Nichts zu verbergen, das direkt vor ihrer Nase friedlich vor sich hin plätschert.

Der Horizont liegt fast unbewegt da, nicht ein einziger Frachter in dieser abendlichen Stunde, der die gerade Linie durchbricht. Das dunkle Grau der Nacht vermengt sich mit den düsteren Wellen der Brandung. Anka weint stumm vor sich hin, ihr Körper kalt und angespannt.

Sie zwingt sich, mit dem Schluchzen aufzuhören, sie ist nicht hierhergekommen, um sich gehen zu lassen, sie will dem Feind keine Schwäche zeigen. Sie ist hier, um ihm gelassen gegenüberzutreten und ihm so sein Scheitern deutlich zu machen, ihm zu zeigen, dass ihren Vater zu verschlingen kein Sieg ist und sie ihm das niemals verzeihen wird. Dabei hat sie seine Gegenwart in der Vergangenheit doch so sehr geliebt, diese Fülle von fließendem Wasser, Fluten, die sich in ständiger Bewegung befinden und unaufhörlich von einer Macht künden, die niemand anzuzweifeln wagt.

Die Oberfläche des Ozeans tanzt wie eine Ballerina. In all den Jahren hat sich Anka durch langes, aufmerksames Beobachten zur Spezialistin seiner Choreografien entwickelt. Die Schönheit und Kreativität des Meeres treten genau dort zutage, wo die ungebändigte Kraft der Fluten und ihre zarte Poesie aufeinandertreffen, immer wieder gewinnt eine von ihnen die Oberhand. Früher kam es vor, gar nicht so selten, dass Anka lange Zeit im Lotussitz vor den Wellen saß und sich, die Pobacken fest in den feuchten Sand gedrückt, mit ihnen unterhielt, so wie man einen Freund zur Seite nimmt, mit ihm redet, hier und da auf eine Antwort hoffte, die sie die meiste Zeit auch zu erhalten meinte. Ein ums andere Mal fand sie in den unendlichen Ausformungen des fließenden Wassers das, was sie brauchte, um ihren jugendlichen Schmerz zu lindern.

»Ich muss dir was erzählen ...«, begann sie flüsternd.

Vor dieser Freundschaft hat sie sich nie versteckt. Im Gegenteil, Anka hat diese ungewöhnliche Beziehung angenommen, war sogar stolz darauf: Wer sonst konnte schon von sich behaupten, beim Ozean hoch im Kurs zu stehen?

An ihrem Geburtstag nimmt Vladimir sie mit an Bord. Sie sind allein, das Meer ist sanft wie eine Umarmung, sie lassen eine lange Schaumspur hinter sich zurück, und die Sonne schwitzt im Zenit.

»Halt mal«, sagt er plötzlich und deutet mit der Spitze seines knochigen Mittelfingers auf das Steuerrad.

»Was soll ich halten?«

»Du bringst uns jetzt in den Hafen zurück.«

»Was tu ich?«

»Mach schon«, fügt er hinzu, »an die Arbeit!«

Anka zögert. Wie lange hat sie darauf gewartet? Während andere in ihrem Alter von einer Handtasche träumen oder vom ersten Kuss, wünscht sie sich nichts sehnlicher, als Hand an die Maschine zu legen und sie dorthin zu lenken, wo es ihr gefällt, je nach Böen und Meeresströmungen, je nachdem, was ihr die Natur anbietet. Manchmal kommt es ihr so vor, als würde sie eigentlich woanders hingehören, als stamme sie in Wahrheit von jenem Bereich wenige Meter unter der Wasseroberfläche. An anderen Tagen ist ihr der Meeresboden lieber, dann stellt sie sich vor, wie sie gleich den Antennenwesen die Oberfläche der Steine absaugt, aber das würde sie nie irgendjemandem sagen. Wie kann man ernsthaft jemandem anvertrauen *Ich komme mir manchmal vor wie ein Fisch oder wie ein Krustentier?*

Sie greift nach dem Steuerrad und ist sofort gerührt. Als sie den Motor startet, kullert ihr eine Träne über die Wange. Vladimir weiß ganz genau, dass er seiner Tochter das allerschönste Geschenk macht.

Sie fährt weiter mit ungedrosselter Geschwindigkeit, steuert geradewegs auf die Küste zu und dreht nur ganz leicht nach rechts in Richtung Hafen ab. Sie kennt die Umgebung, die Tiefen des Meeresgrundes, weiß, welche Bereiche man meiden sollte, kommt immer besser mit den Strömungen zurecht; ihrem Vater zuzusehen und zuzuhören reicht völlig aus, ihm und seiner Crew von Seemännern, ihr Jargon ist ihr in Fleisch und Blut übergegangen. Am Anfang sieht Vladimir ihr noch zu, dann verlässt er die Kabine und stellt sich auf das Vorderdeck. Er ist erfahren genug, um vorauszuahnen, was eintreten könnte, er kann die Laune des Ozeans erspüren, wittert dessen Stimmungen. Er atmet den Wind tief in seine Lungen ein, es kommt so selten vor, dass nicht er selbst am Steuer steht.

Das Anfahren des Hafens ist kompliziert, Anka betet insgeheim, dass er es sie zu Ende bringen lässt, dass er nicht eingreift, ihr vertraut, keine Angst bekommt.

Nach jedem gelungenen Manöver fühlt es sich an, als würde sie vor Freude Funken sprühen. Es ist eine Kraft, die tief in ihr Wurzeln schlägt und abrupt zu wachsen beginnt, ihr ganzer Körper wird von einer wundersamen Wärme durchströmt. Sie hat nicht gewusst, dass solch ein Gefühl überhaupt existiert.

Schließlich legt sie, als letzte Handlung einer Reihe von perfekt ausgeführten Manövern, sanft an, nichts ist daran auszusetzen, Vladimir hat im Übrigen die ganze Zeit über kein einziges Wörtchen gesagt.

»Herzlichen Glückwunsch, Kapitänin«, sagt er schließlich.

Er drückt ihr einen Kuss auf die Wange und fügt hinzu: »Sag deiner Mutter nichts.«

Anka macht einen winzigen Satz, weicht kaum merklich zurück, sie kann es nicht glauben. Dann kommt die Traurigkeit, stürzt sich auf sie mit Wucht, ergreift von ihr Besitz. Das Geschenk ist also ein Geheimnis, und auch das Vertrauen währt nur vorübergehend, nur solange es ihr fünfzehnter Geburtstag ist, um ihr eine Freude zu machen, so wie man ein kleines Kind zur Feier des Tages mit auf den Rummel nimmt.

Anka senkt den Kopf, erneut steigen Tränen rasend schnell in ihr auf und zerplatzen auf ihren Wangen, schon wieder Tränen, aber der Grund ist jetzt ein anderer. Sie dreht sich um, damit er es nicht sieht. Eine Kapitänin, die weint, das ergibt keinen Sinn, nachdem sie soeben achtundvierzig Seemeilen am Steuer eines elf Meter dreißig langen Fischerbootes zurückgelegt hat, mit siebenhundert PS und einer Höchstgeschwindigkeit von neunundzwanzig Knoten. Das ist nicht nichts.

Ob Vladimir wohl merkte, wie traurig sie war? Sie wird es nie erfahren. Später wird sie sich fragen, was an jenem Tag das Schlimmste gewesen ist: Zum ersten Mal und auf so intensive Weise ein so grenzenloses Glücksgefühl zu erleben oder gleich darauf den Bruch zu spüren, als gäbe es das eine nicht ohne das andere, als würde ihr das Meer, das ihr soeben erst geschenkt wurde, im selben Augenblick auch schon wieder entrissen.

Es ist voll in Gabriels Bar, schließlich ist Wochenende, aber Flan hat ihr einen Platz am Tresen frei gehalten.

Die meisten Leute, die sich hier tummeln, kennt sie, mit vielen ist Anka aufgewachsen, es sind Leute aus der Gegend, die nun einer nach dem anderen mit verschlossenen Gesichtern und traurigem Blick zu ihr kommen, um ihr Beileid auszusprechen, nur, was sind die richtigen Worte für solch eine Tragödie? Da ist die Gruppe der Seemänner vom Hafen, hauptsächlich Kollegen ihres Vaters, deren Erfolge, Enttäuschungen und Schicksale sie an seiner Seite mitverfolgt hat. Lange Zeit ist sie das einzige Mädchen gewesen, das sich dort herumtrieb.

Tausendmal hatte ihr Vater versucht, sie davon abzubringen: »Das ist kein Ort für eine junge Frau.«

Aber sie hörte nicht auf ihn und machte einfach weiter, sah überall zu, packte mal hier, mal dort mit an, sprang spontan ein, wo es gerade nötig war. In der Regel endete es damit, dass sie eine Ladung Fisch und Meeresfrüchte auslud oder half, die Ware zu sortieren, oft ging sie auch, ohne vorher um Erlaubnis zu fragen, an Bord, um das Deck zu schrubben und gründlich zu reinigen, und weil sie sich der Aufgabe stets mit solcher Sorgfalt widmete, blieb dem Kapitän anschließend nichts anderes übrig, als sie zu loben und gleichzeitig auszuschimpfen. Über zehn Jahre lang waren der äußere und der innere Hafen ihre liebsten Spielplätze und die Ausfahrten mit Vladimir ihre schönste Belohnung.

Als Anka achtzehn wurde und wirklich seetüchtig, aber immer noch ohne Diplom war, versuchte ihr Vater ihr auszureden, aus diesem Zeitvertreib einen Beruf zu machen.

»Es ist zu gefährlich! Werd lieber Friseurin, dann kannst du bei Line anfangen, die wünscht sich das doch so.«

Egal, wie sehr Anka ihrem Vater in den Ohren lag und wie laut sie seufzte, der Mann ließ sich einfach nicht erweichen. Sie wurde zur Hobby-Fischerin degradiert, einer Schwärmerin für alles Maritime. Für Anka war das eine himmelschreiende Ungerechtigkeit. Sie protestierte unermüdlich gegen ihre Eltern oder, schlimmer noch, gegen die Typen vom Hafen, alles Seemänner, die im Gegensatz zu ihr ausfahren durften und ihr trotzdem wieder und wieder versicherten, es sei doch nur *zu ihrem Besten*.

Irgendwann hatte ihre Entschlossenheit dann nachgelassen und allmählich einer erzwungenen Resignation Platz gemacht, die sie verabscheute. Von da an verlor alles, was mit jener Welt zu tun hatte, die ihr so unbedingt vorenthalten werden sollte, für sie an Geschmack; die Kumpel vom Hafen, der Respekt für den Beruf des Seefahrers, selbst der Mut, den sie ihnen angedichtet hatte, all das kam ihr auf einmal übertrieben vor. Die wahre Kühnheit hätte darin bestanden, sie Teil ihrer Welt sein zu lassen. Stattdessen hatten sie sich allesamt, die alten Seebären genauso wie die jungen Anwärter, feige hinter dem Sicherheitsargument verschanzt, als würde, abgesehen davon, nichts anderes zählen.

Als sie mit etwas Abstand darüber nachdachte, kam sie mit sich überein, dass ihre Eltern doch eigentlich die Einzigen waren, die einen Anlass für ihre Sorge hatten. Was die anderen an den Tag legten, war Ankas Auffassung nach nichts weiter als eine als Wohlwollen getarnte Frauenfeindlichkeit.

Doch sie hatte keine Wahl, also legte sie in der örtlichen Friseurschule ihre Prüfungen ab und kreuzte brav alle entsprechenden Multiple-Choice-Kästchen an – ihre Abschlussnote war besser als gut, sie war die beste Absolventin im ganzen Département –, erhielt ein sehr gutes Diplom, worüber ihre Eltern sich einen Sommer lang freuten. Dann kehrte jeder in seinen Alltag zurück.

Anka fing an, Vollzeit im Salon ihrer Patentante als Friseurin zu arbeiten, und verbrachte nur noch hin und wieder, wenn ihr Vater einverstanden war, sie mitzunehmen, ein paar kurze Stunden an Bord der *Baïkonour*. Sie unterlag immer noch diesem Zauber, der von dem Schiff ausging, und dennoch hatte sie das Gefühl, als würde ihre Beziehung zum Meer sie Monat für Monat mehr frustrieren, anstatt sie glücklich zu machen.

Sie dachte darüber nach, sich ein für alle Mal von diesem Wesen loszusagen, das ja eigentlich keines war, auch wenn sie irgendwann angefangen hatte, es als ein solches zu betrachten, suchte sich eine Mietwohnung in der Stadt und ging seltener an den Strand, ja, sie mied die Nähe des Meeres, wann immer es möglich war. Es kam ihr vor wie die einzig mögliche Reaktion, wie ein militanter Akt, den sie sich selbst schuldig war; nur so hatte sie eine Möglichkeit, der Allmacht des Elements etwas von sich entgegenzusetzen.

Die erzwungene Beendigung ihrer Liebe zum Meer erlebte Anka als einen tiefen Einschnitt, einen Verrat an ihrer Kindheit und ihren unzähligen Erinnerungen, der nicht wiedergutzumachen war. Und als dann ihr Vater, nachdem er zwei Tage zuvor aufs Meer gefahren war, um nach Zackenbarschen zu fischen, am Morgen des 17. Februar 2017 nicht zurückkehrte, fühlte sie zum ersten Mal den Riss in ihrem Inneren: Sie musste sich eingestehen, dass der Ozean ihr letzten Endes alles genommen hatte, und dass mit Vladimir Savidans Tod für sie der Weg zurück zum Meer für immer verschlossen war.

Da sitzt Flan, hoch oben auf seinem mit zerschlissenem Samt bezogenen Barhocker, und hat schon mal zwei Gläser Wein bestellt.

Er drückt ihr einen Kuss auf die Wange.

»Herzlichen Glückwunsch zum Geburtstag!«, verkündet er und rollt dabei die R.

Sie wird heute dreiundzwanzig Jahre alt.

Er setzt einen Fuß nach dem anderen auf die Leiter aus Metall, immer abwechselnd, im gemessenen Tempo eines Körpers, der sein Eigengewicht nach oben hievt.

Es ist sieben Uhr an diesem Donnerstag, dem 10. März. Kaum Lärm so früh am Morgen, nur der rasche Atem des Kranführers, der nacheinander die achtundsiebzig Stufen der Treppe erklimmt, die ihn nach oben zu seiner Kabine bringt.

An diesem Morgen tritt Marcus seinen Dienst früher an als sonst. Es beginnt für ihn eine Schicht von mindestens sechs Stunden, einundfünfzig Meter oberhalb der Stadt Kerlé. Der Fuß seiner *Kiste* steht seit drei Monaten auf dem Asphalt der Grand Place, solange arbeitet er bereits an der Errichtung des fünfstöckigen Gebäudes. Ins Erdgeschoss kommt ein Einkaufszentrum, dazu eine hypermoderne Bibliothek, ein Kino, ein Restaurant, obendrauf Wohnungen, *der reine Größenwahn* schimpfen die Einwohner, denen schleierhaft ist, wo überhaupt das Geld dafür herkommt. Es hilft auch nichts, dass die Gemeinde sie lang und breit über das Projekt aufgeklärt hat, und dass viel an öffentlichen Geldern eingespart wurde, um der Stadt nun eine frische Dynamik zu verleihen und um den 90.000 jährlichen

Sommergästen etwas zu bieten. Trotzdem ging das Meckern hinter vorgehaltener Hand weiter.

Ihm kann herzlich egal sein, was die Einheimischen denken, er stammt ja nicht aus der Gegend. Als angestellter Kranführer lenkt er von dort oben den allmählichen Fortschritt auf der Baustelle. Seine Wohnung im Zentrum der bretonischen Kleinstadt hat ihm das Bauunternehmen für die Zeit seines Einsatzes bereitgestellt.

Der Ozean hier ist nicht mit dem Meer zu vergleichen, das er von früher kennt. Nein, das elegante, sanfte Mittelmeer seiner Kindheit hat wirklich nichts gemein mit dem Atlantik hier vor der Bretagne, diesem unberechenbaren und exzentrischen Schurken, der, wenn er sich zurückzieht, für alle sichtbar den Abfall des Meeres zurücklässt mitsamt den Gerüchen und all dem Schleimig-Klebrigen, das dazugehört. An den Stränden des Mittelmeers hält das Wasser wenigstens die Stellung.

In den ersten Tagen, nachdem er sein Quartier in Kerlé aufgeschlagen hatte, hat er ungeachtet der Wassertemperatur und der Gezeiten noch versucht, Vergleiche zu *seinem* Meer herzustellen, aber die Unterhaltungen mit seinen Kollegen waren stets ins Leere gelaufen, weil jeder dann doch nur schamlos mit seinem Unwissen um sich warf, um weiter an seinen eigenen Überzeugungen festzuhalten. Seither machte Marcus einen Bogen um das Thema, und wenn ihn dennoch jemand darauf ansprach, verkündete er großzügig, jeder könne doch denken, was er wolle. Natürlich war das reine Baustellenphilosophie, aber genau das war ihm so sympathisch, dieses Sprücheklopfen irgendwo zwischen Albernheit und Zugehörigkeit. Es sorgte allerseits für gute Stimmung.

Wenn er oben in seiner Kabine ankommt, ist er mal mehr, mal weniger außer Atem – je nachdem, ob er gut geschlafen, am Vorabend ein Bier getrunken oder eine Zigarette geraucht hat –, und das verrät ihm etwas darüber, wie es um seine jeweilige Arbeitsbereitschaft bestellt ist. Sich dann hier oben einzurichten ist im besten Falle für ihn ein Ritual, dem er sich mit einer Mischung aus Vorfreude und Anspannung unterwirft. Dann stellt er einen dampfenden Kaffeebecher auf der rechten Armlehne ab und wartet einen Augenblick, bis der Duft sich überall ausgebreitet hat. Es hat etwas Andächtiges. Danach den ersten Schluck von der heißen Flüssigkeit trinken und dabei jeden Tag aufs Neue den überwältigenden Ausblick genießen, ganz gleich, welches Licht oder welche Tageszeit gerade herrscht.

Der Grund, aus dem er sich für diesen Beruf entschieden hat, ist die unerschöpfliche Vielfalt des sich ihm darbietenden Panoramas. Oft schon hat er sagen hören, Kranführer seien doch Asoziale, wortkarge, mürrische Kerle, aber da ist er ganz anderer Ansicht, denn er findet vielmehr, dass es eine ziemlich gute Art ist, der Menschheit die Ehre zu erweisen, nämlich indem man sich hin und wieder die Zeit und den nötigen Abstand nimmt, sie auch mal von oben zu betrachten.

Wenn er, so wie jetzt, mitten im Stadtzentrum thront wie die Kirsche auf dem Kuchen, dauert es meist nicht länger als ein paar Tage, bis er die spezifische Dynamik des Ortes ergründet hat.

Von seinem Hochsitz aus fühlt er der Gemeinde den Puls, und ganz allmählich kann er dann, wie Forscher an einem Ameisenhaufen, ausmachen, in welchem Rhythmus sich die Gruppe bewegt, wie ihre Hintergrundmusik klingt.

Am Anfang sieht er nur Umrisse, dann Gesichter, die er mit seinem Blick ein Stück begleitet, an einer Straßenbiegung aus den Augen verliert und anschließend hundert Meter weiter wiederfindet, macht sich einen Spaß daraus, sie sich einzuprägen und ihnen Spitznamen zu verpassen, oder er denkt sich ein Leben für sie aus, von dem er anschließend in vielen Fällen sogar überprüfen kann, ob er richtig gelegen oder sich in etwas komplett Absurdes verrannt hat. Oft verrät ihm allein schon der Gang oder die Haltung einer Person, die sich ihm ausschließlich in der Senkrechten präsentiert, ob sich freudige Beschwingtheit oder Traurigkeit dahinter verstecken.

Observationen dieser Art hat er schon zu Hunderten durchgeführt, es gefällt ihm, das wimmelnde Chaos der Sterblichen zu seinen Füßen zu ermessen. Manchmal sieht er kleine Dramen sich abspielen, wie kurze Fortsetzungsgeschichten. Sie dauern exakt so lange, wie er hinschaut. Zugegeben, es sind kleinere Stücke, der Größe des Marktfleckens angemessen, nicht allzu hochtrabende Dramen, meistens eher öde, oft wirken sie sogar ein bisschen aufgesetzt.

In der Regel bringt es ihn zum Lachen, aber wenn sich ein Vorfall zur echten Tragödie entwickelt, ruft er schon auch mal einen Krankenwagen: »Eine Dame ist in der Rue du Général Lotz auf dem linken Bürgersteig gestürzt.«

Was dazu geführt hat, dass die örtlichen Rettungsdienste schon nach wenigen Wochen und zwei, drei Meldungen solcher Art von so etwas wie einer schweigenden Partnerschaft mit Marcus ausgehen.

Nachdem ein paar Wochen vergangen sind, ist ihm auch der Refrain des Viertels vertraut, hat er dessen grundlegende Energieflüsse, Rhythmen und Stimmungen kennengelernt, und nach und nach kann er sogar den einen oder anderen Ladenbesitzer mit Namen versehen.

Und dann ist da eines Tages wieder diese Frau. Sie kommt ihm diesmal noch zierlicher vor, ihre Schritt huschen mit einem gewissen Widerwillen über das Pflaster der Grande Place, und wie er sie so den großen Platz überqueren sieht, denkt er, dass ihr ein wenig Zuversicht fehlt, und die winzigen Momente des Innehaltens in ihrem Gang, der ansonsten auffallend schnell ist, lösen etwas bei ihm aus, ein inneres Beben. Kastanienbraune Haare umschmeicheln den Nacken, sie hält sich sehr gerade und trägt weiße Turnschuhe zu einer schwarzen Hose. Am Rand des Platzes, der trotz der Bauarbeiten immer noch teilweise Fußgängerzone ist, stößt sie die Tür zu einem Laden mit gekalkter Front auf, die in leuchtendem Fuchsia angestrichen ist. In dunkelgrauen Buchstaben steht dort: COIFFEUR LINE.

Am Anfang gelingt es ihm, seine Beschattung dieser Frau auf kurze strukturierte Zeiträume zu beschränken. Nachdem er zuvor bereits Dutzende Kraneinsätze mit der allergrößten Konzentration ausgeführt hat, macht er immer wieder eine Pause, um sie zu beobachten. Solche Unterbrechungen sind notwendig, denn die Erfahrung hat gezeigt, dass die meisten Fehler passieren, wenn er zu lange am Stück arbeitet.

Doch obwohl er sich bemüht, sich nicht zu sehr durch ihren Anblick einnehmen zu lassen, spürt er, wie ihn wiederholt eine Aufregung überkommt, die ihn mehr aus der

Ruhe bringt, als es für die sichere Ausübung seines Berufes gut wäre.

Auch wenn er mitten in einem Vorgang steckt und seine ganze Konzentration darauf gerichtet ist, einen schwankenden Gegenstand unter Kontrolle zu behalten oder eine schwere Last behutsam abzulegen, genügt es, dass er aus dem bloßen Augenwinkel diese faszinierende Silhouette erblickt, schon ist es unweigerlich um seine Arbeitsmoral geschehen, und er verwandelt sich gegen seinen Willen vom Großen Manitou in einen dahergelaufenen Tagelöhner.

An keinem Tag vermag er vorauszusehen, was die Beobachtung dieser Frau, die einfach nur zu ihrer Arbeit geht und diese später wieder verlässt, ihm diesmal an Gelassenheit oder im Gegenteil an innerer Aufregung bringen wird. Obwohl er eigentlich ein Einzelgänger mit festen Standpunkten ist und sich sein Leben schwerlich anders vorstellen kann, als allein von seinen Launen und Bedürfnissen geleitet – das heißt idealerweise so nah am Himmel wie möglich –, erlebt er plötzlich ungeahnte Erschütterungen. Seine Grundsätze und Überzeugungen, sein bisher unveränderliches Fundament fällt durch das Kommen und Gehen dieser jungen Frau nach und nach in sich zusammen.

Irgendwann nimmt Marcus zum ersten Mal sein Fernglas zur Hand, um ihr mit den Augen zu folgen und zumindest mit seinen Blicken so nah wie möglich an sie heranzukommen und in die Intimität ihrer Bewegungen vorzudringen, die von der Höhe seines Postens sonst nicht erkennbar wären. Also benutzt er die Vergrößerung durch das Prisma der künstlichen Linsen dazu, minutenlang die Züge eines ihm noch unbekannten Gesichts zu ergründen, mitsamt dessen sich wandelndem Ausdruck, der mal offenkundig und mal schwer zu lesen ist oder ihm gänzlich verborgen bleibt. Er hat den Eindruck, als würde sie über das Pflaster gleiten wie ein Wasserläufer über die Wasseroberfläche, mühelos, fast mechanisch, als würde sie schweben oder wundersam auf Schienen gleiten.

Im ersten Monat nach Vladimirs Tod behält Édith ihren Humor und ihre Beharrlichkeit unverändert bei. Sie ist noch die Alte, und es gelingt ihr, ihren beruflichen Verpflichtungen mit der gewohnten Sorgfalt nachzukommen. Ihre Chefin vergeht förmlich vor Unbehagen, wenn sie ihr neue Aufgaben überträgt, und versichert ihr, dass eine eventuelle Verzögerung oder Ungenauigkeit beim Bearbeiten einer Akte selbstverständlich verziehen, ja eigentlich sogar erwartet würde, *in Anbetracht der Situation.*

Wenn sie ihr mit solchen abgedroschenen Phrasen kommt, winkt Édith ab, es ist ja nicht so, als könnte man nicht mehr denken oder handeln, nur weil der Ehemann nicht da ist.

Doch irgendwann im zweiten Monat geht sie einfach nicht mehr zur Arbeit und kehrt stattdessen zurück an den Herd. An einem Sonntagnachmittag, es ist Markttag, greift Édith, als sie zwischen den Tulpen und Porreestangen der Gemüsehändler umherbummelt, nach einem Strauß Petersilie. Es ist heiß für die Jahreszeit, sie steckt ihre Nase mitten in das grüne, schlappe Kraut und ist ein wenig erschöpft von der Schwüle und auch der Form halber, einfach weil ihr danach ist. Sie fragt den Händler nach einer Kiste, möglichst groß soll sie sein, und legt eine gigantische Menge von Gemüse hinein, ein Stück von jeder Sorte und von allem etwas, und dann nimmt sie Kraut und Rüben, viel zu eng aufeinandergestapelt, mit nach Hause, wie ein Kind seinen Schatz.

Ihre Chefin versucht mehrmals, Édith zu erreichen. Als diese nicht abhebt, fährt sie zu ihr und findet sie in ihrer Küche, ganz adrett mit einer sauberen Schürze umgebunden. Der Anblick ihrer Chefin scheint Édith kaltzulassen, sie bietet ihr höflich einen Kaffee an und fährt dann schweigend mit der Verarbeitung des Gemüses fort.

»Wie geht's dir?«, wagt sich die Vorgesetzte nach einigen schweigsamen Minuten vor.

»Anscheinend bin ich Witwe.«

Édith bringt den Satz ohne jede Regung hervor, greift nach einem hölzernen Kochlöffel, rührt damit die Suppe um und fährt fort:

»Das höre ich sie zumindest munkeln, wenn ich in der Stadt oder auf dem Markt unterwegs bin. Es schleicht sich von hinten an und hüllt mich ein wie eine düstere Wolke.«

Ihre Chefin ist unangenehm berührt, dafür ist sie nicht gekommen, ihre Aufgabe ist es, ein Unternehmen zu verwalten, und dass sie nun derart mit den Ängsten ihrer Angestellten konfrontiert wird, übersteigt ihre Kapazitäten bei Weitem.

»Verstehe.«

Édith lächelt gezwungen, dann schüttelt sie den Kopf.

»Gar nichts verstehst du«, knallt sie ihr vor die Füße. »Wie denn auch?«

Die Chefin nickt schuldbewusst. Sie hat ja recht, was soll das, wer ist sie, Mitgefühl, gar Verständnis zu suggerieren? Niemand in der ganzen Stadt steckt in einer ähnlichen Situation. Wer, abgesehen von Édith und ihrer Tochter, kann das überhaupt verstehen? Nur eine Handvoll Verlassene wie sie, denen nach dem Tod eines Lebensgefährten oder des Vaters zu allem Überfluss auch noch das Mindeste verweigert wird: die Wahrheit.

»Was willst du?«, fragt Édith.

»Deine Akte in Ordnung bringen.«

»Wunderbar! Lass uns Ordnung schaffen, daran fehlt es im Moment wirklich ein bisschen«, scherzt sie. »Wo soll ich unterschreiben?«

Die Chefin reicht ihr ein Schriftstück und einen Stift. »Deine Krankschreibung«, erläutert sie. »Ich schicke dir im Laufe der Woche den Arzt vorbei.«

Édith ist einverstanden und setzt ihren Namenszug unter das Blatt, anschließend gibt sie etwas Salz in den Topf, dessen Inhalt auf dem Herd vor sich hin köchelt und aus dem immer wieder Blasen blubbernd nach oben steigen und zerplatzen.

»Es tut mir so leid, was du durchmachen musst, Édith.«

Die Chefin murmelt diese Bekundung der Anteilnahme, auch wenn ihr bewusst ist, dass sie nichts ausrichten wird, dass sie keinen Trost zu spenden vermag. Es sind unzählige Worte, die ihr fehlen, gibt es überhaupt welche, um jemandem zu sagen, dass es einem leid tut, dass der verschwundene Ehemann vermutlich niemals gefunden wird und dass einem dadurch eine beinahe unmögliche Trauer auferlegt wird.

Die Chefin nimmt das Formular wieder an sich, küsst Édith wie ein Kind auf die Schläfe und lässt sie dann allein. Sie hat ihren weißen Stift vergessen, der nun in der Küche auf der Arbeitsfläche liegt und den man fast mit den Spargelstangen verwechseln könnte, deren sorgfältigem Schälen Édith sich jetzt widmet. Später wird sie die Suppe des Tages auf ein Dutzend Thermoskannen verteilen und sie den Seemännern am Hafen bringen. Tag für Tag hegt Édith die Hoffnung, eine Handvoll gekochtes und püriertes Gemüse könnte ihr, in Erinnerung an ein altes Ritual, eines Tages Vladimir zurückbringen.

Durch den Flur dringt das Geräusch der ins Schloss fallenden Eingangstür zu ihr. Nachdem die Chefin gegangen ist, macht Édith sich wieder an die Arbeit und sagt zu sich selbst: »Seine Witwe kann ich immer noch sein, wenn ich seinen Leichnam gesehen habe, bis dahin bin und bleibe ich seine Frau!«

Jeden Morgen schnappt Marcus sich um 7 Uhr 55 sein Fernglas, wartet darauf, dass sie auftaucht. Dann folgt er ihr verstohlen mit den Blicken während der fünf Minuten, die sie braucht, um den Platz zu überqueren, bis sie schließlich den Salon betritt und darin verschwindet. Und jedes Mal ist dieser Anblick für ihn so einzigartig wie auch unerklärlich. Nichts an dieser Frau kommt ihm gewöhnlich oder auch nur irgendwie bekannt vor.

Die Bilder, die er sieht, übersetzt er mit seinem Herzschlag, der schneller oder langsamer wird, sobald sie unten auch nur den Kopf dreht oder einen Schritt zur Seite macht. Marcus scheint es so, als hätte er die pure Zartheit vor Augen, die personifizierte Zerbrechlichkeit beinahe, die beim geringsten Windstoß in tausend Splitter zu zerbersten droht.

Manchmal taucht sie gegen 13 Uhr erneut auf. Dann beeilt sich Marcus, die Unbekannte von Neuem zu beobachten, deren verborgenste Geheimnisse er hinter der augenscheinlichen Banalität ergründen möchte. Ihre gleichmäßigen Gesichtszüge unter den dichten Brauen, die markanten Wangenknochen, die breite Stirn, winzige Ohren, die meist von ihren darüberfallenden Haaren bedeckt sind, die gerade, aufrichtige Nase. Farbe und Form der Augen kann er von seinem Posten aus nicht erkennen.

Wenn er sie durch das dicke Glas seines Fernglases betrachtet, meint er, ihre Stimme zu hören, klare Worte, er stellt sich ihre Sätze wie eine harmonische Partitur vor, doch je öfter er sie anschaut, lässt irgendetwas an der Art, wie ihr Körper sich im Rhythmus ihrer Schritte wiegt, so etwas wie Zerbrochenheit durchschimmern. Wie er da oben sitzt, mit dem Fernglas auf den Knien, muss er fast über sich lachen, weil es ihn fasziniert, sich selbst dabei zuzusehen, wie er Schritt für Schritt ein anderer wird, berauscht von einem Mädchen, das unter seinem Kran hin und her läuft. Trotzdem kann er nicht aufhören, sie bei jeder sich ihm bietenden Gelegenheit zu beobachten, und stellt sich vor, was er wohl zu ihr sagen würde, wenn er ihr eines Tages begegnet, sinniert über ihre Familie und den Rest ihres Lebens. Das geht so über Wochen, in denen Marcus an seinem befremdlichen Verhalten festhält. Eines Vormittages aber, an einem Donnerstag im März, beschließt er, als er soeben wieder den Fuß auf den Boden gesetzt hat, ihr während seiner Mittagspause endlich einmal näherzukommen. *Mein Lieber, du bist komplett durchgeknallt.*

Er seufzt. Er hat noch nie einer Frau nachgestellt. Bei denen, die bisher in seinem Bett gelandet sind, war es immer dem Zufall zu verdanken, zu dem sich oft noch die späte Stunde oder zu viel Alkohol gesellten oder beides.

Marcus steht auf dem Bürgersteig und denkt darüber nach, dass er eigentlich nicht der Typ Mann ist, der Frauen erobert, es hat sich bisher immer irgendwie ergeben, wobei ihm sein Aussehen und sein neugierig machender Beruf geholfen haben.

Der Tag, an dem er nicht wenig stolz verkündete, dass er die Prüfung zum Kranführer bestanden habe, beschwerte sein Vater sich nicht nur darüber, einen zielstrebigen, wenn nicht gar ehrgeizigen Sohn hervorgebracht zu haben, sondern sagte auch zu ihm: »Wenn du das machst, um Frauen rumzukriegen, dann ist das wahrscheinlich gar nicht so dumm, ansonsten weißt du ja, was ich davon halte.«

Anders, als es den Anschein hatte, gründete Bernards Verhalten sich nicht allein auf Faulheit. In Wahrheit steckte hinter der großen Unbekümmertheit, mit der er seinen Alltag bestritt, eine Theorie, ja fast schon eine Philosophie, deren vage formulierte Grundsätze so etwas wie Widerstand darstellen sollten. Er war immer der Ansicht gewesen, dass der Mensch durch zu viel *Wissen* seine *Gewissheiten* verliert. Durch das Nichtstun schützte er seine Ansichten, seine existenziellen Gewissheiten vor zu viel neuen Erkenntnissen. Ein weiterer Grund, weshalb Bernard sich keine Arbeit suchte, war in gewisser Weise auch Respekt vor den anderen, wobei er so weit ging, seine Haltung als Lebenskunst zu preisen.

»Ich sage dir, das würde Kriege verhindern, die Menschen haben nämlich viel zu viele Ansichten.«

So schwafelte er wieder und wieder davon, wie sehr die Faulheit zweifelsohne der Garant für Frieden auf Erden sei und dass es höchste Zeit sei, dass auch andere dies erkannten.

Anschließend fügte er ein ums andere Mal hinzu: »Vorsicht, nur weil einer nichts tut, heißt das nicht, dass er dumm ist, das darf man nicht miteinander verwechseln!«

Was diese Überlegungen jedoch vor allem zeigten, war

seine ungeheure Beschränktheit. Abgesehen davon, wie sehr ihn diese gähnende berufliche Leere letzten Endes einengte, hatte er auch einen anderen grundlegenden Teil seines Selbst außer Acht gelassen: das Vater-Sein.

Da es Marcus ziemlich gewagt erscheint, einfach so in den Friseursalon hineinzuspazieren, beschließt er, stattdessen nur eilig daran vorüberzugehen und im Gehen einen raschen Blick hineinzuwerfen.

Im Großen und Ganzen bietet sich ihm das übliche Bild: Haarwaschbecken, vor denen Sessel aus Kunstleder stehen, in denen ein paar Kunden, den Hals rückwärts über den Spalt zwischen Rückenlehne und Waschbecken gelegt, tapfer ausharren.

Er erkennt sie nicht auf Anhieb, ist schon fast an der Schaufensterscheibe vorbei, noch ein paar Schritte, und bleibt dann abrupt stehen.

Da ist sie. Sie steht über einen Haarschopf gebeugt, der über dem rechten Becken hängt, und massiert der Person geduldig die Kopfhaut. Er erkennt in ihr auf Anhieb die zierliche, zerbrechlich wirkende Gestalt wieder, die er vor seinem inneren Auge herumspazieren sieht. Ihre Bewegungen sind sehr fein, es sieht aus, als würden ihre geschickten Finger die Dinge nur ganz flüchtig berühren, und der lange, schmale Hals scheint förmlich zu schweben, so anmutig und stolz hält sie ihren Kopf. Er beobachtet sie lange durch das Schaufenster, ist hypnotisiert von ihrem feenhaften Äußeren, demgegenüber er sich winzig und gigantisch zugleich fühlt. Wie sie sich so vollkommen gerade hält, die Schultern weit nach hinten gezogen, erinnert sie ihn an seine Mutter, er sieht Cathys einzigartige Eleganz, die soeben, nur wenige Meter von ihm entfernt, wiederaufersteht, nur mit dem Gesicht einer anderen, von der er sich nicht losreißen kann. Für einen kurzen Moment wähnt er sich als den einzigen wundersamen Zeugen dieser Szenerie.

Erst das Eingreifen von Flan, dem Coloristen, dem der Kerl verdächtig vorkommt und der deswegen einmal kräftig gegen die Scheibe schlägt, reißt ihn aus seiner Erstarrung. Marcus kommt wieder zu sich, peinlich berührt, bekommt er auf einmal rote Wangen und macht, dass er wegkommt.

Obwohl er seine Pause großzügig überzogen hat, bereut er nichts.

Als er wieder neben seiner Maschine steht, fragt Yann besorgt: »Wir warten seit zwanzig Minuten auf dich. Was machst du denn?«

Marcus geht einfach an ihm vorbei zur Leiter und macht sich nicht die Mühe zu antworten. Was gibt es da schon groß zu erklären, was soll er ihm sagen?

Wenn sie in den darauffolgenden Tagen um fünf vor acht Uhr morgens unter seinem Kran entlangläuft, sieht er sie von seinem Posten aus nun mit anderen Augen. Seit Neuestem malt er sich detailliert ihre Tage im Salon aus, ihre Gespräche mit den Kunden, ihre geübten Gesten, die Gepflogenheiten ihres Berufes und die Beziehungen der Kollegen untereinander.

Da trifft ihn eine Erkenntnis, ein Gefühl oder noch eher eine intuitive Ahnung, eine Beobachtung mit einer gewissen Unausweichlichkeit: Diese Frau ist für ihn zu einer fixen Idee geworden.

Er steuert mittlerweile seit zehn Jahren Maschinen wie

seine jetzige, und genauso lange kontrolliert er stets mit einer Sorgfalt, die an Besessenheit grenzt, die schaukelnden Bewegungen seiner Last, achtet pausenlos auf deren Gleichgewicht, überprüft systematisch, ob die Aufhängung korrekt ausgeführt worden ist, und hält die ganze Zeit über eine enge und dauerhafte Verbindung zur Mannschaft am Boden, die einzige Möglichkeit, um die Sicherheit aller, die auf der Baustelle arbeiten, zu gewährleisten. Aber in jener Nacht denkt er beim Einschlafen zum ersten Mal nicht daran, sondern einzig und allein an die Friseurin, den Umriss eines Körpers, der ihm mittlerweile vollkommen vertraut ist, ein Profil unter so vielen anderen, das mittlerweile zu *jemandem* geworden ist, eine Erscheinung, deren Zauberhaftigkeit nur er allein erkennt, und er denkt keinen Augenblick lang an seine Kiste aus Stahl und Metall mit der Stadt im Hintergrund und dem Himmel darüber, welche seit gut zehn Jahren seine andere Obsession darstellt.

Am Morgen erwacht er mit einer quälenden Neugier im Bauch, er will, er muss unbedingt mehr herausfinden. Er will wissen, in welches Bett sie sich nachts zum Schlafen legt, auf welche Weise sie ein T-Shirt überzieht, die Seiten einer Zeitschrift umblättert, ihr kastanienbraunes Haar bürstet. Dann stellt er sich ihren Geruch vor, den Duft irgendeines Waschmittels, der in den Maschen eines Kleidungsstücks hängen geblieben ist, den warmen Atem aus ihrem Mund, hin und wieder singend. Die Anmut eines Knöchels über dem Fußboden, die Position ihrer Hand auf dem Kopfkissen. Verquollene Augenlider am frühen Morgen. Ein letztes Lächeln am Ende des Tages.

Am 2. April 2017 verlässt Anka um 18 Uhr den Salon, erklärt ihren Arbeitstag für beendet und macht sich eilig auf den Nachhauseweg. Draußen ist es bereits dunkel, und sie hat sich Kopfhörer in die winzigen Ohren gesteckt. Sogar von seinem Beobachtungsposten in fünfzig Metern Höhe fällt Marcus auf, dass sie praktisch keine Ohrläppchen besitzt, da ist nur ein ganz schmaler Streifen Haut, der unter dem inneren Gehörgang entlangläuft, er hat noch nie so kleine Ohrmuscheln gesehen und würde liebend gern etwas hineinflüstern.

Sie geht unter seinem Kran entlang. Diesmal sind die Schritte beschwingt, die Schultern wiegen sich im Takt, sie läuft sogar ein kleines Stückchen. Weiter hinten mündet der Platz in sechs enge Straßen. Sie biegt in die Trudaine-Gasse ein, die vom Ozean wegführt, nach Osten hin ansteigt und in den Stadtteil mit den Hochhäusern hineinführt, welche die älteren Gebäude überragen. Als sie weitergeht, reißt die visuelle Verbindung ab, sie biegt einmal links ab und ist verschwunden. Marcus nimmt sein Fernglas herunter und wartet ein paar Minuten ab, in denen er weiter in dieselbe Richtung schaut. Dann fängt er an zu beten. Er wendet sich dabei an einen Gott, ohne genau zu wissen, an welchen, er hat immer wieder von einem gehört, und auch wenn er nicht recht daran glaubt, bittet er dringlich:

»Monsieur, bitte befreie mich von Zweifel und Unwissenheit und mach, dass dort unten in einem der Fenster ein Licht angeht und dass sich direkt dahinter die junge Frau befindet. Dafür wäre ich dir sehr dankbar und würde meinen Mitmenschen ein paar gute Taten zukommen lassen.«

Er muss kurz über sich selbst lachen. Doch dann wartet er wieder reglos, ihm ist kalt, er setzt eine Mütze auf, zieht Handschuhe an und nimmt seinen Beobachtungsposten wieder ein. Da geht in dem Gebäude in der Mitte in der vierten Etage, in dem Fenster ganz rechts, das Licht an. Er springt auf, greift mit den nun in Wolle verpackten Händen nach seinem Fernglas und starrt zu dem Licht, das nur für ihn entflammt ist. Durch die Scheibe kann er die geschmackvolle Einrichtung ausmachen, das helle Parkett wird teilweise von hier und da verstreuten bunten Teppichen überdeckt. Das Licht in einem anderen Raum, der an den ersten angrenzt, wird eingeschaltet, es muss das Schlafzimmer sein, denn die Ecke eines mit senfgelbem Stoff bezogenen Bettes wird sichtbar. Schatten verraten Bewegung, er kann eine Silhouette ausmachen. Marcus öffnet eine Flasche Cola, leert sie in einem Zug und betet erneut, diesmal aber schweigend, denn er will lieber selbst nicht so genau wissen, worum er Gott da bittet.

Eine Frau sitzt auf ihrem Bett gegenüber vom Fenster, den Kopf nach vorn geneigt, und ist dabei, die Schnürsenkel ihrer Schuhe aufzuknoten, sodass kastanienbraune Haarsträhnen auf beiden Seiten über ihren gesenkten Kopf herunterfallen. Erstaunlicherweise meint er, Teile ihres Körpers wiederzuerkennen, die ihm eigentlich unbekannt sind, wie die parallel verlaufenden Muskeln ihres Nackens, die sich wie zwei kleine Raketen zu ihrem Haaransatz hinziehen.

Dann richtet sie sich wieder auf, sodass er ihr Gesicht besser sehen kann als je zuvor, und als er zum ersten Mal in ihre meerblauen Augen blickt, vergießt er aus irgendeinem Grund, der ihn ebenso überrascht wie beruhigt, eine Träne. Dann blickt er zum Himmel hinauf, noch höher als er ohnehin schon ist, und murmelt leise, mit einem etwas dümmlichen Lächeln auf den Lippen:

»Danke, Monsieur. Oder Madame.«

Am 4. April 2017 beginnt Marcus mit etwas nervenaufreibenden Verhandlungen, um seinen Tagesablauf auf der Baustelle zu modifizieren. Insgeheim möchte er seinen Stundenplan dem der Friseurin anpassen, die nebulösen Gründe aber, die er als offiziellen Vorwand vorbringt, gefallen seinem Bauleiter nicht.

»Ich kann mich frühmorgens oder am späten Nachmittag einfach besser konzentrieren, dazwischen hapert es ein bisschen.«

Während Marcus so vor sich hin schwadroniert, mustert ihn sein Chef etwas unschlüssig. Er weiß nicht viel über Marcus, abgesehen von seinem Ruf, dass er äußerst professionell, vielleicht sogar der Beste sei. Sein tadelloser Werdegang flößt Respekt ein, ihm wird effizientes Arbeiten und Bedachtsamkeit nachgesagt, und er weiß sehr gut, dass es ein Glück ist, ihn auf seiner Baustelle zu haben. Aber die Zeitintervalle, die er jetzt verlangt, laufen seiner

Planung zuwider, dafür müsste ein Teil des vorgesehenen Ablaufs geändert werden, und um ehrlich zu sein, ist er ziemlich genervt von dem ganzen Tamtam. Er seufzt mehrmals laut, um seine Verärgerung anzudeuten, aber Marcus geht überhaupt nicht darauf ein. Zum allerersten Mal ist Marcus das, was er ansonsten nahezu priesterlich in Ehren hält – die Teamarbeit –, völlig egal.

So kommt es, dass er drei Tage später einen neuen Dienstplan erhält, der unter seiner Wohnungstür durchgeschoben wird. Er entdeckt das Blatt mit einem Lächeln auf den Lippen, aber mehr noch, es fühlt sich an, als würde sein ganzer Körper lächeln, jede Faser seiner selbst wird von einer aufrührerischen Freude erfasst. Was Marcus soeben für sich entdeckt, ist die ungeahnte Freude darüber, sein Leben auf jemand anders abzustimmen. Es gibt ihm das Gefühl, zu zweit zu sein, die Illusion einer Partnerschaft, und obwohl er selbst denkt, *wie lächerlich,* hört sein Körper trotzdem nicht auf zu strahlen.

Von da an beobachtet er durch sein aufdringliches Opernglas jeden Abend die kleine häusliche Choreografie, der Anka bis zum Schlafengehen folgt, hin und her gerissen zwischen dem drängenden Wunsch nach mehr und dem Schuldbewusstsein, derjenige zu sein, der dieser Frau, deren Vorname er nicht einmal kennt, Teile ihres Lebens stiehlt. Ihr nachzustellen und auf diese Weise zu versuchen, die Türen zu einem verschlossenen Geheimnis aufzustoßen, ist nicht mehr normal, und hin und wieder fühlt er sich schuldig wegen seiner Dreistigkeit.

»Was bist du?« Yann hat ihn nicht richtig verstanden.

»Verliebt in eine Unbekannte«, wiederholt Marcus verlegen.

»Das ist doch nur ein Hirngespinst.«

Yann muss etwas richtigstellen, er fühlt sich dafür verantwortlich, auf die korrekte Bedeutung der Worte hinzuweisen. »Liebe, das heißt doch, dass man die Person kennt.«

Marcus nickt. »Aber bei mir ist es anders.«

In diesem Moment fragt er sich, warum er sich dazu hat hinreißen lassen, sich in eine Geschichte zu verstricken, die ohne jedes Risiko und ohne irgendeine Gemeinsamkeit auskommt – und doch hat er das Gefühl, aufrichtig verliebt zu sein. Er ist hin und her gerissen, sich entweder an der allgemeinen Auffassung zu orientieren oder aber sich um die üblichen Gepflogenheiten einen Dreck zu scheren und sich Hals über Kopf hineinzustürzen in dieses Gefühl.

»Los, Yann, sag's schon! Sag, dass ich verrückt bin!«

Anka beginnt langsam, sich wegen Édiths Besessenheit für Suppe Sorgen zu machen, deshalb vereinbart sie einen Termin beim Arzt.

»Sie ist kein bisschen verrückt«, bescheinigt dieser ihr, während er irgendetwas auf einen Zettel kritzelt. »Sie will einfach nicht wahrhaben, was geschehen ist. Das ist eine von vielen möglichen Reaktionen. Es wird vorübergehen.«

Anka blickt ihn mit gesenktem Kopf an, man sieht ihr an, dass sie Zweifel hat.

»Grob gesagt, ihr Körper hat sich ein Ventil gesucht …«

»Ja.« Anka verdreht die Augen. »Suppe.«

Das alles kommt ihr so abwegig vor, ihr wäre eine normale Mutter lieber, die stundenlang weint und das Bett nicht mehr verlässt, weil die Vorstellung, ihr Leben ohne ihren Mann fortzusetzen, für sie so schwer zu ertragen ist.

»Seien Sie froh, das ist doch immer noch besser als Krebs«, ruft der Arzt ihr hinterher.

Anka verlässt die Praxis, aber wirklich beruhigt ist sie nicht.

Im Salon folgen die Wochen, die seit Vladimirs Tod vergangen sind, träge aufeinander wie Holzperlen auf einem dicken Baumwollfaden und haben sich schon bald zu einer

Kette zusammengefügt, von der Anka das Gefühl hat, sie sei um ihren Hals geknotet und würde immer enger zugezogen. Sie versucht manchmal, sich davon zu lösen, doch dann schwillt das Garn noch mehr an, und sie bekommt bald keine Luft mehr. Wenn sie so beinahe erstickt, verlässt sie den Salon für ein paar Stunden und geht Richtung Norden, dem Meer stets den Rücken zugewandt, denn sie weigert sich, an seinem Ufer Trost zu suchen. Sie trabt, bis sie die ersten Felder am Stadtrand erreicht, dann kehrt sie um, erfüllt von einem wackligen Frieden, dessen Zerbrechlichkeit ihr immer bewusster wird.

Ihr neues Leben ohne ihren Vater kommt ihr zum Davonlaufen vor. Nichts daran scheint ihr mehr stimmig, die allgegenwärtigen Erinnerungen an das Meer genauso wenig wie das Schicksal der *Baïkonour*, gefangen in einem dunklen Hangar, wo sie wie totes Treibholz bis zu ihrem baldigen Verkauf vor sich hin dümpelt. Anka findet nicht mehr zurück zum Ozean und fühlt sich dazu verdammt, für immer an Land zu bleiben.

Line erzählt sie nur das Nötigste, denn ihr gegenüber zu verkünden, dass sie seit dem Schiffsunglück nicht aufhören kann, ihr Leben infrage zu stellen, wäre zu heikel. Unmöglich kann sie ihr verraten, dass der Friseurberuf für sie mittlerweile zum Abbild eines beängstigenden Stillstands geworden ist, sie kann ihr nicht sagen, wie eingesperrt sie sich vorkommt, seit sie keine Möglichkeit mehr hat, *auf See zu sein*, wie in einer unverrückbaren Festung mit endlos hohen Wänden, und dass es das ist, mehr noch als der Tod ihres Vaters, was sie manchmal in ein Loch zieht, dessen Tiefe sie nicht kennt.

Mittlerweile hasst sie den Strand, hält sich vom Meer

fern, ändert ihre gewohnten Wege, flüchtet sich strikt in den inneren Kern der Stadt, sie schränkt ihren Umkreis ein und geht nur noch in Richtung Hafenviertel, wenn sie ihre Mutter besuchen will. Ihr Leben fühlt sich beschnitten an, wie amputiert, sie kann nicht mehr richtig durchatmen und hat neuerdings das Gefühl, dass an ihrem täglichen Weg von der Wohnung zum Friseursalon Wölfe lauern, die mit ihrem Geheul vom Tod künden oder von der Langeweile oder von der furchteinflößenden Kombination aus beidem.

»Ich will weg.«

Anka sitzt mit einer Pobacke auf der Fensterbank, das andere Bein baumelt oberhalb des Fliesenbodens in der Luft. Édith blickt kurz auf.

»Wohin denn, mein Schatz?«

Auf dem Küchentisch liegen Unmengen von Gemüse, an dem stellenweise noch Erde klebt und das Édith unter dem laufenden Wasserstrahl abbürstet. Sie wendet ihre gesamte Körperkraft auf, um die äußere Schicht sauber zu bekommen.

»Paris, Brüssel, was weiß ich. Irgendeine Großstadt.«

Édith hört auf zu schrubben und legt die Bürste weg. Dann greift sie mit einem ausgestreckten Arm nach dem Küchentuch, das am Haken hängt, und trocknet sich die Hände ab.

»Aber was willst du da?!«

»Ich will einfach was anderes machen«, erwidert sie ohne jede Überzeugung in der Stimme.

»Ah ja? Behandelt Line dich etwa nicht gut?«

Anka verdreht verärgert die Augen.

»Tja, dann verstehe ich das nicht ...«

Édith wendet sich wieder ihrer Arbeit zu, sortiert Rispentomaten in eine Kiste und befreit sie dann energisch, und mit nahezu automatischen Bewegungen von ihren Stielen und Blütenansätzen.

»Ich brauche mal einen Tapetenwechsel.«

Anka traut sich kaum, es laut auszusprechen, als würde es sich um ein Schimpfwort handeln, und beobachtet aus den Augenwinkeln die Reaktion ihrer Mutter. Aber Édith macht einfach weiter mit dem Entstielen ihres überreifen Grünzeugs, und auch das krampfartige Zittern ihrer Armmuskeln, das ihr fortgeschrittenes Alter verrät, hält an.

»Mmh …«, beginnt Édith nach einer Weile. »Ich verstehe.«

Dann fährt sie fort, stößt die Worte, die aneinanderzukleben scheinen, nacheinander im Rhythmus ihres Atems aus, ohne jeden Nachdruck und ohne jede Gefühlsregung, als würde sie eine Einkaufsliste herunterleiern:

»Du kannst nicht mehr, stimmt's?«

»Stimmt.«

Danach sagt ihre Mutter nichts mehr, kein Wort, kein Seufzen, kein Zeichen der Zustimmung.

Wie kann sie ihr erklären, wie es sich für sie anfühlt? Anka ist es leid, nach Worten zu suchen, sie wünscht sich, dass es von ihr käme, dass Édith sie an die Hand nähme und in einem Schwall all das sagte, was sie so gerne hören würde: *Du bist es einfach müde, meine Liebe, ständig fremde Hinterköpfe mit den wenigen gebliebenen, viel zu feinen Haaren der Leute einzuschäumen, so durchschimmernd, dass man sie für Seidenfäden halten könnte. Immer den strengen Geruch ihrer abgenutzten Zellen einzuatmen, die sich alle auflösen, noch während du dich darüber beugst, und den säuerlichen Atem, der von dem porösen Zahnfleisch ausgeht, und unter deinen Fingern ihre vertrocknete Kopfhaut zu spü-*

ren, die zu Papier geworden ist, das man zusammenknüllen könnte, wenn man nur die Faust ballte, dann mit sauberem Wasser die Chemie auszuspülen, die Tag für Tag und um jeden Preis gegen das Grau ankämpft, ganz egal, ob das Ergebnis stattdessen rosa oder lila ausfällt und wenig überzeugt. Du bist es müde, meine Liebe, Strähnen zu kämmen und zu föhnen, die sich seltsam klebrig anfühlen, so angegriffen und ausgelaugt sind sie. Einen knittrigen Dutt mit Haarlack zu besprühen, dessen Volumen eine Illusion ist, die er gerade noch so aufrechterhält. Faltige Hände zu maniküren, abgebrochene Wimpern zu färben, nicht mehr vorhandene Augenbrauen mit einem dünnen Strich nachzutatöwieren, damit ein künstlicher Halbkreis den Gesichtern die furchteinflößenden Züge eines Harlekins verleiht. Du hast keine Lust mehr, die Alten zu retten, ihnen den falschen Anschein einer zweiten Chance zu verpassen, bei dieser Maskerade mitzumachen, schlimmer noch, ihr immer wieder neues Futter zu geben. Du möchtest lieber wieder etwas Vernünftiges machen. Die Wirklichkeit verschönern. Bei den Alten aber frisst das unvermeidliche Welken des Körpers alles andere auf, vor allem die letzten Überreste der Jugend. Du hast recht, diese Leute sollte man lieber in Frieden lassen, sauber gewaschen und ordentlich gekämmt, und hoffen, dass die Zeit es gut mit ihnen meint und sie sanft behandelt. Ich kann verstehen, dass du lieber afrikanische Zöpfe an jungen Frauen um die dreißig ausprobieren willst.

Édith legt ihrer Tochter kurz eine zierliche Hand auf die Schulter, die sie sogleich in einer fließenden Bewegung wieder herunterzieht. Plötzlich weiß Anka nicht mehr, ob sie diese Sätze geträumt hat oder ob ihre Mutter sie tatsächlich ausgesprochen hat.

»Würdest du mir bitte das Küchensieb rüberreichen?«

Mit einem breiten durchlöcherten Löffel fischt Édith aus dem Topf mit kochendem Wasser die gerade erst hineingeworfenen Tomaten wieder heraus und reicht sie an ihre Tochter weiter, vielleicht hofft sie, dass die ihr antwortet: *Aber nein, Mama, das war nur ein Witz, natürlich gehe ich nicht weg, ich werde niemals von dir fortgehen.*

Anka greift danach und sieht ihrer Mutter dabei zu, wie sie unbeirrbar ihr Süppchen kocht, dabei weiterhin jedem Detail dieselbe Beachtung schenkt, die ganze Zeit über und bei jedem Handgriff voll und ganz bei der Sache. Sie fährt so sorgfältig mit ihrem Rezept fort, als ginge es darum, Diamanten einzufassen, sie gibt sich die allergrößte Mühe, es ist die reinste Goldschmiedearbeit. Und genau so präzise hat sie den Alltag ihrer Tochter beschrieben, ein Adjektiv und ein Verb nach dem anderen, um es perfekt in Worte zu fassen. Wie kann es sein, dass sie derart stimmig ausdrücken kann, was Anka innerlich umtreibt?

Anka setzt sich hin. Sie hat nicht gewusst, dass ihre Mutter sie aus der Entfernung so aufmerksam gemustert hat, und diese distanzierte Fürsorge ist ihr unerklärlich. *Das ist es dann wohl, was eine Mutter ausmacht.*

Laut Tagesplan gibt es heute viel zu tun, Verschalungen sollen gereinigt werden, der verbliebene Beton abgekratzt und die Wände geölt werden. Außerdem nimmt Marcus sich seit ein paar Tagen schon vor, das Seil des Hubwerks mit Öl einzuschmieren, weil es, sowohl wenn es vorwärts- als auch wenn es rückwärtsbewegt wird, knirscht. Der Hinweis hat ihn durch eine Reihe von leuchtenden Kontrolllämpchen und verschiedenen akustischen Warnsignalen erreicht, die er, seit er den stählernen Stelzvogel unter seine Fittiche genommen hat, sorgfältig im Blick behält. Der Ausleger ist lang, fünfunddreißig Meter, aber indem er die Laufkatze so nah wie möglich an die Kabine heranbringt, kann er die Entfernung zum Einsatzort auf etwa zwei Meter reduzieren.

Laut offiziellem Prozedere sollte eigentlich ein Wartungsmitarbeiter, sprich, ein Experte für die Reparatur und Instandhaltung der Maschine dazugeholt werden, aber Marcus hat an diesem Morgen genauso wenig wie in der Vergangenheit vor, dafür extra jemanden antanzen zu lassen. Solche gröberen Reparaturen kann er auch selbst ausführen, indem er auf allen vieren zum äußersten Rand seines gigantischen Lastenhebers klettert, als würde er sich in den Abgrund stürzen wollen, obwohl er sich ja genau genommen nur in horizontaler Richtung bewegt, gefährlich ist es mit Sicherheit. Aber das kümmert ihn nicht, er ist derjenige mit der meisten Erfahrung, zumindest glaubt er das, und in seinem Umfeld würde ihm darin kaum jemand widersprechen.

Der Wind weht an diesem Morgen schwach und gleichmäßig. Marcus schnappt sich seinen Auffanggurt, steigt erst mit dem einen, dann mit dem anderen Bein hinein, stellt die verstellbaren Aufhängungen an seiner Taille ein und öffnet jetzt die Tür des Führerhäuschens. Die Vorgehensweise ist bekannt, er zieht seine Handschuhe an, setzt den Helm auf und überprüft dann seine Verbindung zum verschiebbaren Karabinerhaken, der durch ein Stahlseil direkt am Ausleger verankert ist.

So, auf allen vieren mit der Leere unter sich, beginnt er nun vorwärtszukriechen und klammert sich dabei fest an das riesige Skelett seines Ungetüms. Mit seiner leuchtenden Baustellen-Warnweste könnte man ihn glatt mit einem Glühwürmchen verwechseln. Direkt unter ihm schaukeln nebeneinander zwei meterlange Ketten im Nichts hin und her wie Zweige im Wind. Es weht eine sanfte Brise, für die Küste ist es nur ein laues Lüftchen. Das kommt ihm gelegen. Während er langsam weiterkriecht, streichelt er hin und wieder mit seiner rauen Handfläche über das Gerüst, ganz wie man es bei einem Pferd macht. Die Geste soll eine Verbindung zwischen ihm und der stählernen Dame herstellen, es geht darum, Vertrauen aufzubauen.

Der Mann und sein Kran, das ist eine Geschichte, die bereits seit mehr als zehn Jahren andauert, er steuert immer oder fast immer das gleiche Modell, den höchsten

Kran der Umgebung, und es gibt nur wenige, die ihn ebenso sicher beherrschen können wie er.

Der Kran ist sein Freund, der Urzeitelefant, ein Koloss, der ihm ans Herz gewachsen ist. Wie kann man für einen Haufen Stahl derart starke Gefühle entwickeln? Das hat noch nie jemand verstanden, aber das ist Marcus egal. Er liebt, was er tut, erfreut sich an seinem Ausblick, die Höhe ist ein unvergleichbares Privileg, pflegt er auf die immer gleichen dummen Fragen zu entgegnen, die ihm in erster Linie Frauen stellen. Er schämt sich ein wenig dafür, dass er das denkt, aber keine der Frauen, mit denen er einen Tag oder auch ein paar Monate lang zusammen war – es waren gar nicht so wenige –, hat es bisher geschafft, sich die immer gleichen ängstlichen oder hysterischen Ausrufe zu verkneifen, wenn es um seinen Beruf ging.

Unter ihm Leere und noch weiter darunter die Grande Place. Ein paar Fußgänger gehen völlig unbehelligt von dem, was sich über ihren Köpfen abspielt, ihren alltäglichen Verrichtungen nach. Wenn sie doch nur einmal den Blick heben, wenn die Leute doch nur hin und wieder zum Himmel hochblicken würden, dann sähen sie diese winzige Gestalt, ganz in Gelb, Weste und Helm ebenfalls, die dort herumkraxelt, als hätte der Ausleger sie aufgespießt.

Marcus liebt es, an dieser Stelle Reparaturen auszuführen. Da oben fühlt er sich frei, betrachtet das Leben, das unter ihm ungeduldig mit den Füßen scharrt, die gestauchten Umrisse der Menschen, die gewissenhaft ihren Beschäftigungen nachgehen. Sich genau senkrecht über solchem Alltagsgewimmel zu befinden, das immer gleich und doch jedes Mal einzigartig ist und in dem sich alle Farbstufen des Menschlichen miteinander mischen, wirkt auf ihn ungemein inspirierend. Es gibt ihm das Gefühl, als sei er durch die vielen Meter Höhe mit einer besonderen Kraft ausgestattet, wahrscheinlich eine Art Überlegenheitsgefühl, wenn er so über allem schwebt.

Ganz schön eingebildet, hat sein Vater einmal zu ihm gesagt, als Marcus versuchte, ihm das Gefühl zu beschreiben, das er hat, wenn er ganz oben auf seiner Maschine sitzt. *Du bist wie diese Intellektuellen in ihrem Elfenbeinturm, die sich nur dann gut fühlen, wenn sie andere von oben herab behandeln können.* Dann hatte er vorwurfsvoll gestöhnt.

Als Marcus die Stelle erreicht hat, die geölt werden muss, setzt er sich rittlings hin, wühlt in den unzähligen Taschen seines Werkzeuggürtels, zieht eine flache Flasche mit schmalem Hals hervor und stellt sie auf dem Stahl seines Krans ab. Auf allen vieren, das Gewicht seines Rumpfes nach vorn verlagert, benötigt er die gesamte Kraft seiner Arme, um an die rostige Stelle heranzukommen.

Später, sehr viel später – es wird Monate dauern, bis seine Erinnerung zurückkehrt –, wird er sagen, dass der große Schuldige an alldem der Ozean war mit seinem sich ständig verändernden, mal ruhigen und dann wieder heftigen Atem. So kam es, dass er im entscheidenden Augenblick, ganz in seine Arbeit vertieft und voll auf seine Tätigkeit konzentriert, nicht registrierte, dass die Brise unvermittelt aufgefrischt hatte. Der Meereswind ist heimtückisch. Er ist unberechenbar, und das macht ihn so gefährlich, sogar lebensgefährlich.

Einen kurzen Augenblick lang macht Marcus zwei Dinge gleichzeitig, sein Blick zerstreut sich, hat plötzlich keinen Halt mehr, sodass er in ein und demselben Moment alles sieht und dann nichts mehr.

Wenn in solcher Höhe die Perspektiven verschwimmen, leidet der Gleichgewichtssinn. Marcus neigt sich ganz leicht nach links, um mit seiner Arbeit fortzufahren, als unerwartet ein gemeiner, vollkommen rücksichtsloser Windstoß aufkommt. Er kann nicht bestimmen, ob es am Wind selbst liegt, an jener Luftmasse, die ihn kraftvoll streift, oder an dem Geräusch, das er verursacht, als er auf das Metallgerüst trifft, es spielt im Grunde auch keine Rolle, welches Ereignis genau in jenem Bruchteil eines Augenblicks seinen Sturz herbeiführt, eine Nichtigkeit, wie eine ganz kurze Unterversorgung des Gehirns, von der er später nicht sagen kann, ob sie sich in der Zeit oder im Raum ereignet hat, und von der ihm schwindelig wird. Auf einmal gerät sein ganzer Körper ins Wanken. Siebenundachtzig Kilogramm kippen vornüber und lassen einen ganzen Menschen in die Tiefe stürzen.

Mit dem Kopf voran fällt er immer weiter, bis das Seil, das an seinem Karabiner befestigt ist, den Sturz abrupt abfängt. Es spannt sich in Sekundenschnelle und hält die reglose Puppe, die er nun ist, zurück, lässt die Schwerkraft jäh stoppen, sie bekommt ihren Willen nicht, weil ein Stahlseil sich ihr widersetzt, um ihn zu retten. Doch unter der Wucht verabschiedet sich sein Bauhelm, der nur nachlässig befestigt gewesen war, und fliegt davon wie ein Frisbee.

Sein Körper schaukelt, der übermächtigen Schwerkraft ganz und gar ausgeliefert, heftig von links nach rechts, ein nervöses Trudeln, dann schlägt der Kopf des Kranführers gegen den Mast. Er verliert auf der Stelle das Bewusstsein und baumelt in dieser Position minutenlang hin und her, einundfünfzig Meter oberhalb von Kerlé, vom Atem des Meeres gewiegt.

Wenige Minuten vor dem Sturz trappeln Ankas Turnschuhe energisch über die Pflastersteine der Rue des Bouchers, sie muss heute Morgen den Salon aufschließen und ist zehn Minuten zu spät dran, das passiert ihr hin und wieder, wenn die Nacht von den Erinnerungen an ihren Vater heimgesucht wurde und diese sich in den anbrechenden Tag hinein fortsetzen. Dann kehrt er zurück, um sich mit ihr zu unterhalten, als ob nichts passiert wäre. Plötzlich sitzt Vladimir am Bettende, fast als könnte sie ihn berühren, und redet über Gott und die Welt, genauso wie früher, als er noch am Leben war und sich mit einem Bier in der Hand scherzend auf einen Stuhl in der Küche plumpsen ließ. Schon verrückt, wie schnell sich das Unterbewusstsein eine Ecke sucht, um sich in Ruhe etwas vorzumachen.

In der Rue Depage beschleunigt Anka ihre Schritte, durchaus vorstellbar, dass Line einen ihrer Wutanfälle bekommt, wenn sie erfährt, dass Anka den Laden zu spät aufgeschlossen hat. Sie erreicht den Hauptplatz, die Grande Place, auf die die Einwohner von Kerlé so stolz sind und die auf der linken Seite vom ehemaligen Krankenhaus und auf der rechten von einem gähnenden Loch gesäumt wird, das seit drei Monaten von Baumaschinen okkupiert wird.

Es ist Montag, der 15. April. Eine dünne Schicht aus glitzerndem Morgentau liegt noch über der steinernen Fläche des großen Platzes, über den Ankas Schritte hallen, als genau in diesem Moment nur zwei Meter von ihr entfernt der Schutzhelm aufschlägt.

Er landet mit einer solchen Wucht auf dem Pflaster, dass der Aufprall einen lauten, hohl klingenden Knall erzeugt, wie ein Silvesterböller, der in einer Höhle explodiert.

Anka macht einen Satz und schreit gleichzeitig auf, ein schrilles Geräusch entweicht ihrer Kehle.

Stellenweise zersplittert, liegt der kükengelbe Gegenstand dann nur wenige Zentimeter neben ihr, man könnte meinen, ein toter Vogel, den sie anstarrt, ohne zu begreifen, was geschehen ist, während ihr Herz mit voller Kraft gegen ihren Brustkorb trommelt. Sie steht da wie angewurzelt. Ein paar Fußgänger, die jener Steinschlag aus dem Nichts ebenfalls knapp verfehlt hat, versuchen, wieder zu sich zu kommen. Kurz darauf wird der Reflex des einen zu dem des anderen, und alle heben gleichzeitig den Kopf.

Der Mann, der dort oben hängt, wirkt wie tot. Anka wendet ihren Blick sogleich wieder ab und stößt erneut einen Schrei aus, einen brüchigen Ton, ein lautes Wimmern, das Ächzen einer Ruine. Sie lässt sich auf den feuchten Boden sinken, friemelt ihr Handy hervor und wählt mit zitternden Fingern den Notruf, dann brüllt sie den diensthabenden Sanitäter durch das Gerät hindurch an, muss sogar zweimal neu ansetzen, um die Situation zu beschreiben.

»Hier schwebt ein Mann in der Luft!«

Da ihr nichts Besseres einfällt, wiederholt sie den Satz mehrmals. Eine Dame, die ihre Sinne etwas besser beisammenhat, nimmt ihr das Telefon aus der Hand und gibt weitaus ruhiger die notwendigen Informationen durch, damit die Helfer anrücken können.

Ein paar Leute haben angefangen, zu dem kopfüber hängenden Mann emporzurufen, um herauszufinden, ob er noch bei Bewusstsein ist.

Da ertönt bereits die gellende Sirene des Krankenwagens über die Dächer der Stadt hinweg. Am Rande der Grande Place angekommen, legt der Krankenwagen, zu dem sich mittlerweile ein Einsatzwagen der Feuerwehr gesellt hat, auf dessen Rücken wie ein langer Arm eine Rettungsleiter liegt, noch einen Endspurt hin, um am Fuß des Krans haltzumachen.

Die ersten Helfer klettern wie Ameisen einer nach dem anderen in einer perfekten Kolonne die Sprossen des Krans bis auf einundfünfzig Meter hinauf, was sie eine ganze Weile in Anspruch nimmt. Oben angekommen, gibt es neue Probleme, denn die Feuerwehrleiter ist bei Weitem zu kurz, um den Männern, die nun auf dem Kran Stellung bezogen haben, von außen zu Hilfe zu kommen. Der zuständige Wartungsarbeiter ist informiert worden, der einzige Mann auf der Baustelle, der für ein solches Eingreifen qualifiziert ist, aber der hat um diese Tageszeit noch keinen Dienst.

Vom Boden aus mutet der Einsatz wie eine sorgfältig geübte Choreografie an. Ein zügiges Ballett des guten Willens, unterlegt mit einer eisigen Musik, die hin und wieder von metallischem Lärm und den Rufen der Männer unterbrochen wird.

Unten steht Anka, etwas breitbeinig, um besseren Halt zu haben, hebt den Kopf und betrachtet den Kranführer, dessen Kopf verkehrt herum herunterhängt, sodass seine Haare zu Boden zeigen, die Oberlippe auf seiner Nase aufliegt wie ein kostbarer Gegenstand, die schweren Lider zwei Augäpfel freigeben. Plötzlich sieht sie nichts anderes mehr als die bewusstlose Gestalt dieses Mannes, dieser Körper, dessen Leben sozusagen am seidenen Faden hängt, scheint den gesamten Raum einzunehmen. Er wird vor ihren Augen immer größer, sein Umriss dehnt sich aus und verschwimmt, das Bild in Ankas Netzhaut schwillt immer weiter an, bis der Kranführer sich wie zu einem Luftballon aufgeblasen hat. Ihr wird schlecht, sie kauert sich einen Moment hin, die Augen geschlossen, den Mund weit geöffnet und atmet tief durch.

Dann würgt sie mitten auf dem Platz dieser Stadt, den sie schon seit zwanzig Jahren überquert, alles hervor, ihre Eingeweide, ihre Ängste, ihren Kummer und den aufdringlichen Anblick eines Körpers, der träumt und fliegt zugleich und von dem sie sich nach wie vor fragt, ob er noch am Leben oder schon tot ist.

Anschließend legt sie wankend die fünfzig Meter zurück, die sie noch vom Friseursalon trennen, und schließt an diesem dritten Montag des Frühlings mit achtzehn Minuten Verspätung die Tür auf.

Im Haarwaschraum ist Flan gerade dabei, die Blumen mit frischem Wasser zu versorgen.

»Du kommst zu spät.«

Anka antwortet nicht, flitzt ins Bad und spritzt sich einen Strahl kaltes Wasser ins Gesicht, um ihren Mund und am besten auch gleich ihren Kopf auszuspülen.

Flan schreit wie gewohnt quer durch den Raum. »Es gibt da diesen Mann, der ...«

»Ich weiß!«

Sie schneidet ihm einfach das Wort ab und versucht erneut, ihren Hals frei zu bekommen, wobei sie ein seltsames Geräusch verursacht. Flan, dem nie etwas entgeht, verzieht angewidert das Gesicht.

»*Disgusting* … Was machst du da?«

»Nichts.«

Ihre Stimme klingt so tonlos, dass ihre unendliche Müdigkeit deutlich herauszuhören ist.

»Wollte der sich umbringen oder was?«, mutmaßt Flanagan.

Anka muss beinahe lachen, manchmal vergisst der Typ einfach, sein Hirn einzuschalten. Meistens ist es gerade das, was seinen Charme ausmacht, und das ist es auch, was sie an ihm mag, diese unkonventionelle Mischung aus Naivität und Einfühlungsvermögen, der man in dieser Gegend nur selten begegnet.

»Ja, ganz bestimmt, mit einem Karabinerhaken …«

Flan blickt sie einen Augenblick lang an: »Womit?«

Anka setzt sich auf einen Stuhl, starrt auf die Wand vor ihr, atmet ein paarmal tief durch und schließt die Augen.

Dann schenkt sie sich einen frisch gebrühten schwarzen Kaffee ein, nimmt einen ersten heißen Schluck und denkt noch einmal an den vom Kran herabbaumelnden Mann, den anonymen Trapezkünstler, der einfach so in der Luft gehangen hat wie eine Feder im Tintenfass, es hat für sie so ausgesehen, als würde er schweben und sinken zugleich.

So wie ihr Vater.

Als Line eintrifft, ist es 10 Uhr. Drei Kundinnen schnattern durcheinander, alle wissen von dem Unfall am Morgen. Jede hat einen Bericht dazu parat, das reinste Durcheinander, wie auf einem Pollock-Gemälde.

»Doch, doch, er hat noch gelebt, das hat Maurice auf jeden Fall zu André gesagt.«

Die ungenauen oder widersprüchlichen Informationen werden von dem Hochziehen der Schultern begleitet, die alle mit einem Handtuch bedeckt sind.

»Na ja, wenn man Kranführer ist, muss man wohl mit so was rechnen.«

»Aber doch nicht in jedem Fall«, widerspricht die andere.

»Den Boden aufzureißen ist auf jeden Fall weniger gefährlich«, führt die Dritte aus.

Anka ärgert sich. Der Reigen aus Belanglosigkeiten ermüdet sie. Es fühlt sich an, als würde ihr Magen umgegraben wie ein Feld Rüben, die Erde, von ihrem Kummer bearbeitet, wird durch den Sturz des Kranführers erneut gepflügt.

Am liebsten würde sie sich in der Kammer verstecken, sie fühlt sich zu angeschlagen, um sich wieder an die Arbeit zu machen, erschöpft von der Oberflächlichkeit ihrer Tätigkeit, der Nichtigkeit der mit der Kundschaft gewechselten Sätze, den violetten oder manchmal auch gelben Haarschöpfen der kleinen Damen, die sowohl das Ausfallen ihrer Haare als auch den Verlust ihrer Erinnerungen hinnehmen müssen.

Line umarmt sie auf die gleiche Art, wie sie es immer tut. Ein Patentantenkuss, den sie mit einem Tätscheln der Schulter verbindet, ihre Art, ihr zu signalisieren, dass sie da ist, ihr zuhört, mitfühlt, dass sie ihre Freundin ist, um dann zu ihr zu sagen: »Du solltest deine Mutter anrufen.«

Anka seufzt. »Ich mache erst Madame Chauvelle fertig.«

Line wendet sich Anka zu. »Sie wartet bestimmt darauf.«

Und an die Dame gerichtet: »Nicht wahr, Madame Chauvelle?«

Aber die Dame versteht nur Bahnhof. »Worauf denn?«, flüstert sie.

Zur Erklärung deutet die Frau neben ihr, deren Haare gerade geföhnt werden, anscheinend eine Freundin, in einer kummervollen Geste auf Anka. »Das ist die Tochter von Édith.«

Das hilft Madame Chauvelle nicht weiter, ihr Blick bleibt leer.

»Du weißt doch, Vladimirs Frau …«, sagt die andere beschwörend, die allmählich denkt *Na los, Madame Chauvelle, nun strengen Sie sich mal ein bisschen an …*

Bei dieser fällt der Groschen aber immer noch nicht. Ihre wässrig blauen Augen wandern unstet umher auf der Suche nach irgendeinem Anhaltspunkt, damit sie endlich etwas erwidern kann.

»Der Fischer, der im Februar verschwunden ist …«

Da, endlich. Madame Chauvelle verändert sich plötzlich, jetzt ist sie im Bilde, und alles an ihr kommt gleichzeitig in Bewegung, die Haare, die Lippen, die dünne Haut, weil es endlich bei ihr angekommen ist.

»Aber ja, jetzt weiß ich, hach, war das eine traurige Geschichte.«

Anka lehnt am Waschbecken und ist zu schwach, um zu nicken, sie weiß sehr gut, dass es traurig ist, wenn der eigene Vater auf offenem Meer ertrinkt, sodass sein Leichnam irgendwo umhertreibt oder hinab in die Tiefsee gesunken ist oder von einem Schwarzen Degenfisch gefressen wurde.

Die Kundin dreht sich zu Line um und fügt hinzu, als müssten die Ereignisse unbedingt verknüpft werden:

»Also nein, das sind ja vielleicht Dramen hier!«

Line kann ihr nicht folgen, es ist noch niemand dazu gekommen, ihr von dem Unfall am Morgen zu erzählen.

»Na, der Kleine, der von seinem Kran gefallen ist«, steuert Madame Chauvelle aufgeregt bei.

»Ich bin gleich wieder da«, würgt Anka ihre Kundin ab, die unaufhörlich ihren Oberkörper hin und her wiegt, um dieser merkwürdigen Verkettung von Unglücksfällen gerecht zu werden.

Anka bleibt neben dem Waschbecken stehen und bemüht sich, ihren Frust zurückzuhalten, es ist ein uneindeutiges Gefühl, verschiedene Stimmen, die in ihrem Inneren aufeinander losgehen. Eine davon brüllt *Was machst du nur, alten Damen die Haare kämmen, hattest du nicht mal so große Träume?*; die andere widerspricht sofort *Darf ich dich daran erinnern, dass sie gerade erst ihren Vater verloren hat?*, und dann ist da noch ein dünnes Stimmchen, das nur mühsam an sie herankommt, weil es mit dem Brummen der Trockenhaube verschmilzt, *Es ist eben nicht so einfach mit der Trauer.*

Anka fischt ihr Handy aus der Tasche ihrer Jeansjacke und beginnt, so wie jeden Tag seit Winterende, ein Telefongespräch, dessen Ablauf sie Wort für Wort auswendig kennt:

»Wie geht's dir, Mama?«

»Mir geht's gut, mein Schatz. Und dir?«

»Gut.«

»Wie schön.«

»Was hast du heute vor?«

Édith seufzt. »Ich muss die Suppe kochen.«

Anka seufzt. »Mama ...«

»Ja?« Édith seufzt. »Er kommt zurück, ich sag's dir.«

Anka seufzt. »Na gut. Kuss, Mama.«

»Kuss, mein Schatz.«

Anka legt auf und seufzt ein letztes Mal. Line beobachtet sie aus dem Hinterzimmer heraus, ihr ist kein einziges Wort der Unterhaltung entgangen, sie kennt das seltsame Schauspiel ihrer Freundin Édith.

»Und?«, sagt sie, obwohl sie sich keine großen Hoffnungen macht.

Anka zuckt mit den Schultern und starrt mit zusammengekniffenen Augen ins Leere, in ihrem Blick eine raue, trostlose Wüste.

»Und, woraus besteht die Suppe des Tages?«

Damit reißt sie Anka aus ihren Gedanken, und die muss plötzlich lachen, obwohl ihr eigentlich nach Weinen zumute wäre. Sie ist dreiundzwanzig Jahre alt, Single, frisiert alte Damen, und ihr Vater ist vor Kurzem im Atlantik ertrunken. Deshalb hat sie niemanden mehr außer ihrer Mutter, die aber, solange es keine Leiche gibt, die sie beerdigen könnte, einfach weiter für den verschollenen Ehemann Gemüsesuppe kocht und in Thermoskannen füllt, die sie tagtäglich den Küstenfischern bringt, *Falls ihr Vladimir begegnen solltet ...*, und die Seemänner nehmen die Suppe mit gesenktem Kopf entgegen, unfähig, die stoische Witwe von ihrer irren Mission abzubringen.

Gleich nachdem sie den Hafen verlassen haben, überlässt ihr Vladimir das Steuer. Mit gerade mal sechzehn Jahren rauscht Anka allein vierunddreißig Seemeilen die Küste entlang, das Meer ist heute brav, der Horizont ein ruhender Fakir, und der Vater hat den gesamten Ozean im Blick, der sich vor seiner Tochter ausbreitet. Der alte Seebär wirkt zwar nach außen erfahren und gelassen, innerlich aber ist er stets auf der Hut. Zu ihrer Linken zieht Fels um Fels die bretonische Küste vorbei, wild und unbeherrscht, übersät von bizarren Pflanzen und aschgrauen Steinen.

Zur Mittagszeit steuern sie einen winzigen Hafen an, wo man nichts hört außer dem Tosen der Brandung. Da es für Juni ungewöhnlich frisch ist, bleiben die Leute lieber zu Hause. Aus dem wasserdichten Fach, das sich in der hinteren Bank befindet, holt Vladimir ein richtiges Picknick hervor: eine Thermoskanne mit Suppe und belegte Brote. Dann decken Vater und Tochter auf dem Achterdeck den Tisch, Vladimir verteilt das Essen und gibt ihnen Suppe auf. Anka macht ihr gewohnt mürrisches Gesicht, auf das schon lange niemand mehr reagiert, und eigentlich kann sie nicht einmal selbst sagen, wogegen sich ihr Körper jedes Mal aufs Neue unwillkürlich sträubt.

»Ich mag halt kein Gemüse«, fügt sie noch hinzu, mehr fällt ihr nicht ein.

Vladimir beißt von seinem Brot ab und redet mit vollem Mund: »Meine Mutter war Gemüsehändlerin, hab ich dir das schon mal erzählt?«

Anka zuckt mit den Schultern. Er hat ihr das noch nie erzählt, natürlich nicht, denn immer, wenn es um seine Kindheit geht, artet es in Schweigen aus.

»Sie hat kiloweise davon angebaut.«

»Das ist offensichtlich nicht vererbt worden.«

Anka lacht, Vladimir ebenfalls.

»Als ich klein war, hat sie mich auf die Kohlplantagen im Norden der Raketenbasis mitgenommen. Den ganzen Tag lang habe ich ihr geholfen, ihre Körbe zu füllen. Sie hatte immer Rückenschmerzen, aber sie hat trotzdem nie gejammert.«

Zum ersten Mal hat Anka den Eindruck, dass ihr Vater vielleicht etwas weiter ausholen möchte und ihr von seiner Vergangenheit erzählen will oder erzählen muss – wenn es um das Thema geht, ist das für sie immer schwer zu bestimmen. Sie ist sich nicht sicher, aber solange sie bei derart ruhiger See in dem kleinen Hafen andocken, kann sie ruhig einen Versuch wagen.

»War sie nett?«

Er scheint sich über die Frage zu wundern, so ungewohnt ist es für ihn, über seine Vergangenheit zu sprechen. Dann wendet er abrupt den Kopf zu ihr um und nickt kaum merklich. Dabei spielt ein kleines schiefes Lächeln um seine Mundwinkel.

»Sie war wie ein Kind. Sie hat immer gelacht, das hat den Leuten nicht gefallen.«

Die Antwort überrascht Anka. »Wieso?«

»Sie war kein starker Mensch.«

»Wie, kein starker Mensch?«

Er lässt sich Zeit, denkt ein Weilchen nach, es bleiben ihm nur Fetzen von Erinnerung, er ist nicht einmal sicher, ob es zwischen ihnen und der Wirklichkeit überhaupt noch eine Verbindung gibt.

»Ich weiß nicht. Irgendwie zerbrechlich. Ich sollte den Tag über bei ihr bleiben und auf sie aufpassen, haben sie mir gesagt, dabei war ich ein Kind, so um die sieben Jahre alt.«

»Und dein Vater?«

Vladimir wirft den Kopf nach hinten. Anka berührt mit ihren Fragen einen Teil der Vergangenheit, der schon vor allzu langer Zeit in Rauch aufgegangen ist. Die Leere in seinem Kopf lässt ihn die Augen schließen. Da ist nichts mehr.

»Ich erinnere mich nicht.«

»An gar nichts?«

»Nein.«

»Verrückt, dass man seinen eigenen Vater komplett vergessen kann.«

Kaum, dass sie den Satz zu Ende gesprochen hat, schiebt sie bereits einen Haufen Entschuldigungen hinterher, nicht dass er denkt, sie hätte das irgendwie wertend gemeint, aber für Vladimir scheint das Thema damit erledigt zu sein, er zieht sich innerlich zurück, als müsse er sich vor der ansteigenden Flut seiner Erinnerung in Sicherheit bringen.

»Als er tot war, haben sie mich in ein Boot gesetzt.«

Er will sich irgendwo aufstützen, seine Hand eilt dem

Körper zu Hilfe, der sich in diesem Moment leer anfühlt, ausgehöhlt wie eine Schlucht.

»Ich glaube, meine Mutter war nicht in der Lage, mich alleine großzuziehen.«

Seine Augen wandern nach oben, er weicht Ankas Blick aus und starrt stattdessen eine ganze Weile in den Himmel.

»Wollen wir wieder los?«

Dann öffnet er die Thermoskanne mit Suppe, schüttet sie in eine große Schale und trinkt sie in einem Zug aus.

Der Kranführer heißt Marcus Bogat.

Die Rettungskräfte haben seinen Arbeitgeber kontaktiert, und jetzt wartet Yann, der Bauleiter, im Flur.

Er macht sich Sorgen, der Arzt lässt auf sich warten, und die spärlichen Informationen, die er von Augenzeugen und einigen Feuerwehrleuten bekommen hat, weisen auf einen gravierenden Unfall hin. Er selbst hat nichts gesehen, um diese Zeit war die Baustelle noch nicht geöffnet. Er hatte noch nicht einmal sein Frühstück beendet und las die quer über den selbst gezimmerten Küchentresen ausgebreitete Zeitung.

Schließlich kommt der Arzt auf ihn zu, Röntgenbilder unterm Arm, seine Schritte sind energisch, fast militärisch. Mit der freien Hand macht er ihm Zeichen, ihm in einen Raum zu folgen, dessen Wände mit Leuchtkästen ausgestattet sind, auf die er unverzüglich eine Serie von Röntgenaufnahmen legt. Yann kann die Umrisse von Marcus' Schädel sehen, ein Schwarz-Weiß-Gemälde mit ineinanderlaufenden Flecken, man könnte es für ein psychedelisches Motiv auf einem Hippie-T-Shirt halten.

»Gehören Sie zur Familie?«

»Nein, ich bin sein Vorgesetzter auf der Baustelle.«

Yann fühlt sich etwas fehl am Platz.

»Sein Vater wohnt im Süden. Er wurde schon benachrichtigt.«

»Setzen Sie sich.«

Es ist keine Bitte, sondern eine Anordnung.

Doktor Raymon greift nach einem Kugelschreiber, der an seiner Hemdtasche klemmt, und deutet damit auf das wenig aussagekräftige Bild an der Wand. Die Sekunden strecken sich in eisigem Schweigen, die Worte, die der Arzt gleich aussprechen wird, werden entscheidend sein. Yann würde sich am liebsten ganz klein zusammenrollen wie ein Kind, in seinem Kopf ziehen Salven von Stoßgebeten vorüber *mein Gott, bitte mach, dass*, obwohl das überhaupt keinen Sinn ergibt, weder die Anrufung eines Gottes, an den er nicht glaubt, und noch weniger die Hoffnung, erhört zu werden. Dennoch hält er sich nicht zurück, ihn mit flehenden Bitten zu bombardieren, er beschwört ihn nach Kräften und hofft, dass sein profanes Gefasel eine günstige Diagnose herbeiführen möge.

»Wir haben hier ein Hämatom im Bereich des linken Temporallappens. Möglicherweise wird es sich von selbst zurückbilden. Eine Garantie dafür gibt es aber nicht.«

Yann nickt. Eine kurze, kaum merkliche Kopfbewegung.

»Wir könnten operieren, das ist eine Option, die allerdings ein gewisses Risiko beinhaltet …«

Yann nickt abermals.

» … das nicht riesengroß ist«, fährt er fort, »aber wir haben dennoch beschlossen, vorerst nicht einzugreifen.«

Yann seufzt geräuschlos, diese Art, gleichzeitig alles Mögliche und dann wieder das genaue Gegenteil zu sagen.

Doktor Raymon schiebt seine Ärmel hoch und setzt sich auf die Ecke des Tisches, sodass ein Bein in der Luft baumelt, während das andere seinen groß gewachsenen Körper gerade so stützen kann.

»Wir werden erst einmal abwarten.«

Yann blickt ihm ins Gesicht. »Aber warum?«

Ein Zweifel huscht über ihn hinweg, natürlich kennt er sich in diesen Dingen nicht aus, aber die Unterhaltung kommt ihm merkwürdig vor.

»Wenn Sie doch sagen, dass das Risiko gering ist.«

Doktor Raymon atmet geräuschvoll aus, bevor er erklärt: »Die Risiken sind zwar nicht so groß, aber sie sind dennoch vorhanden.«

Yann versteift sich wieder. Sein Gesicht ist angespannt, als er aufsteht und zu dem Leuchtkasten geht. Die für ihn unergründlichen Aufnahmen seines Baustellenkumpels machen ihn nervös, und wie er da so vor den Bildern von Marcus' Gehirn steht, überkommt ihn ein starkes Gefühl von Indiskretion, als könnten die Röntgenstrahlen Marcus' Gedanken vor der ganzen Welt exponieren. Vielleicht können Spezialisten wie Raymon auf den Bildern ja noch etwas anderes sehen als nur den anatomischen Zustand der Organe. Yann fragt sich, ob der Zustand gewisser Regionen im Gehirn möglicherweise Marcus' Gefühle für jene junge Frau preisgeben, in die er sich so sehr verguckt hat.

Yann würde am liebsten ein Tuch vor die Aufnahmen hängen, sie verdecken, bis Marcus wieder bei Bewusstsein ist, damit der Respekt vor seiner Privatsphäre gewahrt bleibt.

»Das ist ein bisschen das Wesen von Risiken, oder?«

Yann lässt den Arzt nicht aus den Augen und erkennt

die beginnende Verärgerung in dessen Blick, die er mit einem angestrengten Lächeln zu überspielen sucht.

»In der Neurochirurgie halten wir uns normalerweise mit Witzen zurück«, bemerkt der Arzt.

Yann protestiert nur noch matt: »Witze mache ich eigentlich sowieso nie, Neurochirurgie hin oder her …«

Doch da ist es schon zu spät, der Arzt fühlt sich angegriffen, die Augenlider werden schmal, die Falten auf der Stirn treten deutlicher hervor, und er bringt sein eben noch in der Luft baumelndes Bein zurück auf den Boden und greift nach seiner Akte. Er ist so damit beschäftigt, sich seine offensichtliche Verstimmung nicht anmerken zu lassen, dass er Yann kaum noch zuhört, der ist aber noch nicht fertig.

»Sie haben gesagt, ›wir warten erst mal ab‹, aber wie lange wollen Sie denn abwarten?«

Raymon pfeift durch die Zähne, als wollte er sagen *Also das, mein Freund …*

»So ungefähr?«, lässt der Bauleiter nicht locker.

»Kommen Sie in vierundzwanzig Stunden wieder«, sagt der Mann schließlich. »Vielleicht hat sich bis dahin was getan.«

Yann macht einen Schritt auf die Röntgenbilder zu, wie um sie abzunehmen. Den Querschnitt vom Hirn seines Freundes könnte er mit einem Ruck abziehen und den Leuchttafeln damit ihre ursprüngliche Jungfräulichkeit zurückgeben.

»Ich hätte gerne eine zweite Meinung, wenn das möglich ist.«

Dann beeilt er sich hinzuzufügen: »Zum Wohle des Patienten.«

Doktor Raymon bedenkt ihn mit einem angedeuteten Lächeln, gleich darauf bricht er völlig unvermittelt in Lachen aus, eine zwar schlappe, aber dennoch dröhnende Explosion, wie ein alter Ballon, der zerplatzt.

»Was man sich so alles anhören muss, man glaubt es nicht.« Er sagt es nur zu sich selbst, und dann verlässt der Neurochirurg, weiter leise vor sich hin lachend, einen Umschlag mit den Aufnahmen unterm Arm, und mit hochgezogenen Augenbrauen den Raum und lässt Yann einfach stehen.

Um keinen Ärger mit Line zu bekommen, meldet Anka sich jeden Morgen bei ihrer Mutter, besucht sie regelmäßig und findet sie dabei stets in der Küche vor, wo sie die ganze Zeit über am Herd steht.

Bei ihren Treffen spulen sie dann, ob sie wollen oder nicht, ein immer gleiches Ritual ab, die Mutter redet, während sie sich an ihrem Frühlingsgemüse zu schaffen macht, die Tochter setzt sich in den Korbsessel rechts neben der Tür, und dann fließen die größeren und kleineren Geschichten ihrer seltsamen Leben zwischen den beiden hin und her wie das Wasser in einem kleinen Fluss.

»Geh doch mal ins Krankenhaus und erkundige dich nach ihm«, schlägt Édith vor.

Anka steht auf, zuckt mit den Schultern und geht um den Tisch herum, sie läuft eine Weile im Kreis.

»Ich kenne ihn doch gar nicht.«

»Na und? Er ist gestürzt, und du warst da. Das ist mehr als nichts.«

»Und du, warum gehst du nicht mal aus?«

»Ich gehe jeden Morgen einkaufen, zu einer Zeit, wenn du noch schläfst, mein Herzchen«, entgegnet sie streng und sanft zugleich.

»Ich meine nicht, um frische Luft zu schnappen, ich meine mal wieder richtig ausgehen, was unternehmen!«

Édith lächelt ein schiefes Lächeln, dann legt sie ihr langes, scharfes Messer auf dem Holzbrett ab, mit dem sie gerade dabei war, eine noch fast unversehrte Stange Lauch zu zerteilen.

»Du meinst, ich soll ins Kino gehen? Mir den neuesten Desplechin anschauen, so was in der Art? Würde es dich beruhigen, wenn deine Mutter sich ein bisschen mehr Kultur ansehen und sich über den Rest der Welt auf dem Laufenden halten würde?«

Anka blickt sie lange an, ohne sich zu rühren, während ihre Mutter wieder nach dem langen Küchenmesser greift und das Schicksal des Wurzelgemüses besiegelt.

Während sie den Geräuschen, die ihre Mutter macht, lauscht, denkt sie gleichzeitig, dass es genau darum geht, *wieder zur Welt zurückfinden*, nur weiß sie gar nicht, auf wen dieser Satz am besten passt: Édith, Vladimir, den Kranführer oder sie selbst?

»Irgendwann musst du mal anfangen zu trauern«, platzt es schließlich aus ihr heraus.

Von ihrer Mutter erhält sie darauf keine Antwort, kein einziges Wort spricht diese in den folgenden Minuten, die Anka sehr lang vorkommen.

»Du willst einfach nicht drüber reden, oder?«, wendet sich Anka erneut an Édith, die weiter Gemüse zerkleinert.

»Ich habe auch Vladimir Savidan verloren, falls du es vergessen hast.«

Nur eine Lauchstange auf einmal, systematisch, während der Berg aus kleinen hellgrünen Quadraten immer größer wird.

»Aber deswegen verbringe ich nicht meine Tage damit, Gemüse zu schnippeln.«

Schließlich wandert der Berg in einen Topf mit kochendem Wasser, in das Édith außerdem noch einen Brühwürfel gibt.

»Er fehlt mir. Und du auch.«

Édith stellt die Herdplatte unter dem Suppentopf kleiner und leert die Abfälle in den Mülleimer.

Anka, die nicht mehr weiß, was sie sagen soll, atmet geräuschvoll aus. Sie setzt sich wieder in die Ecke der Küche und fragt sich, wie lange sie wohl noch dort sitzen und auf ein Wort ihrer Mutter warten muss.

»Er wird zurückkommen.«

Édith nimmt ihre Schürze ab, verschwindet kurz in der Speisekammer und kehrt mit einer kleinen Kiste Karotten zurück, dann zieht sie sich einen Hocker heran, setzt sich an den Tisch in der Mitte der Küche und fängt an, vier Kilo Möhren zu zerkleinern.

»Du verdrängst«, sagt Anka leise.

»Wissentliche Verdrängung«, stellt Édith richtig.

»Wie soll das gehen?«, will ihre Tochter wissen. »Wenn das Verdrängen wissentlich geschieht, ist es doch kein richtiges Verdrängen!«

Édith lässt den Gemüseschäler sinken und wirft ihr einen schrägen Seitenblick zu. »Dann eben freiwillige Verdrängung.«

»Ach ja? Und was soll das bitte schön sein, *freiwillige Verdrängung*?«

»Liebling, jetzt wirst du kleinkariert.«

Édith nimmt die halb geschabte Karotte wieder in die Hand und gibt ihr den Rest.

Anka steht auf, nimmt ihre Handtasche und geht vor ihrer Mutter in Stellung, um sie zu umarmen.

»Papa ist tot. Er kommt nicht mehr zurück. Da kann es kein wissentliches und auch kein freiwilliges Verdrängen geben. Da ist überhaupt kein Verdrängen möglich!«

Édith wartet, bis sie die Küche verlassen hat, dann dreht sie sich geräuschvoll auf ihrem Schemel herum und ruft ihr hinterher: »Suppe für meinen Ehemann und die Matrosen zu kochen ist ein kämpferischer Akt, und es ist meine freie Entscheidung, es zu tun oder zu lassen!«

Immer wieder kommt es vor, dass Nachbarn oder Bekannte, denen Anka zufällig auf der Straße oder an einer Ladentheke begegnet, ihr ungefragt berichten, sie hätten ihre Mutter gesehen, die am Anlegeplatz im Hafen Suppe verteilt hat, Thermoskanne um Thermoskanne, die sie bereitwillig den rauen Händen der Seemänner übergibt, kurz bevor die Boote auslaufen. Sie verlangt nichts weiter, als dass die Seemänner ihr die Kannen bei ihrer Heimkehr wieder zurückgeben, und bemerkt bei dieser Gelegenheit, dass derjenige, der Vladimir zufällig auf hoher See begegnen sollte, für immer ihr Verbündeter sei. Die Männer lächeln, geben ihr einen Wangenkuss und danken ihr für den täglichen Proviant.

Während Anka sich immer weiter von dem Zuhause entfernt, in dem sie aufgewachsen ist und das nun allein mit dem Meer zurechtkommen soll, für das sie keinen Blick übrig hat, muss sie sich sogar eingestehen, dass Édith eine Kraft an den Tag legt, die sie bewundern würde, wenn sie sich nur nicht so im Stich gelassen fühlte.

Als sie an jenem Abend nach Hause zurückkehrt, denkt sie weder an ihre Mutter noch an deren bedenkliche mentale Gesundheit, sie denkt an den Kranführer, den Mann, der genau fünfzig Meter über ihr das Bewusstsein verloren hat. Was sind das nur für merkwürdige Männer, die mal hoch oben, mal in der Tiefe abtauchen und sie genau in der Mitte dazwischen zurücklassen, als Achse eines Spiegelbilds.

In den Stunden, die auf den Unfall folgten, hat Yann so lange mit Marcus' Vater telefoniert, bis es dieser schaffte, ein Zugticket für sich zu buchen, zum ersten Mal in seinem Leben. Er hat sein gewohntes Umfeld noch niemals verlassen.

Als sein Handy klingelt und er eine unbekannte Nummer auf dem Display erblickt, drängt aus Bernards Innerem, aus einer bisher ungekannten Region etwas nach draußen, eine Mischung aus Überraschung und Besorgnis, denn es kommt sonst nie vor, dass er von einer Nummer aus angerufen wird, die er nicht kennt.

»Mein Name ist Yann, ich bin ein Kollege Ihres Sohnes.«

Daraufhin brummt Bernard irgendeine unverständliche Entgegnung und fragt ihn, was er denn wolle.

Als Yann versucht, ihm auf sanfte Weise, mit abgemilderten, dafür aber auch etwas schwammigen Worten beizubringen, dass Marcus im Koma liegt, versteht Bernard es nicht und legt, von einem Impuls geleitet, einfach auf. Anschließend verharrt er mehrere Sekunden lang sitzend in dem Sessel im Flur und starrt auf die Wand.

Beim zweiten Anruf klingt seine Stimme schon anders.

Er gibt artige Antworten wie ein Kind, kurze, einsilbige Äußerungen, während er sich leicht nach vorn neigt und den gebeugten Arm vors Gesicht hält, um die schmerzhaftesten Schläge abzuwehren.

»Ist er tot? Ist das der Grund für Ihren Anruf, dass er tot ist?«

»Nein, aber er liegt im Koma.«

Als er das hört, sinken Bernards ohnehin runde Schultern noch ein paar Zentimeter weiter nach unten, und eine schneidende Stille breitet sich aus, bis sie von einem Gedanken abgelöst wird, den er kaum auszusprechen wagt.

»Das hört man doch oft, erst heißt es, ihr Kind liegt im Koma, und wenn die Eltern dann im Krankenhaus ankommen, erfahren sie, dass es in Wirklichkeit gestorben ist …«

»Nein, beruhigen Sie sich. Marcus ist nicht tot.«

»Na gut, ist ja gut, ich glaube Ihnen ja. Und was muss ich jetzt machen, soll ich kommen?«

»Ja, das sollten Sie.«

So ungern er das auch zugibt, weiß Bernard nicht, wohin sein Sohn zuletzt versetzt worden ist, und genauso wenig weiß er, wo er davor gearbeitet hat, und auch was den Ort davor angeht, ist er sich nicht sicher. Er schämt sich. Er brabbelt ein paar zusammenhanglose Silben vor sich hin. Als Yann hört, wie er sich in einem semantischen Nichts verliert, fällt ihm wieder ein, wie ihm Marcus seinen Vater beschrieben hat, als einen eingefleischten Nichtstuer, der kaum aktiv am Leben teilnimmt, gleichgültig, faul, unentschlossen und herablassend. Yann wechselt also seine Strategie.

In fast schon belehrendem Tonfall weist er Bernard an, sich Notizblock und Stift zu holen und Wort für Wort aufzuschreiben, was er ihm gleich mitteilen wird. Auf diese Weise informiert er ihn über den Aufenthaltsort seines Sohnes, *Krankenhaus Saint-Rémy in Kerlé im Département Morbihan*, sowie über Züge und Anschlussfahrten, um aus seinem Heimatort im Süden in die Bretagne zu gelangen, gibt ihm die Abfahrts- und Ankunftszeiten durch und bietet ihm sogar an, ihn vom Bahnhof abzuholen. Darüber hinaus kündigt er ihm an, dass in Absprache mit dem Arzt gewisse Entscheidungen zu treffen sein werden, und buchstabiert ihm noch rasch dessen Namen.

Als das Gespräch beendet ist, drückt Bernard auf den roten Knopf und lässt sein Telefon im selben Moment fallen, es schlägt hart auf dem Fliesenboden im Flur auf, sodass das Display in der Mitte einen Riss bekommt, *Genau wie Marcus.* An jenem Abend kann er nicht einschlafen, und der Ehemann, der er einmal war, lethargisch und unbeteiligt, bis ihn seine Frau verlassen hat, denkt an den Vater, der er niemals gewesen ist, unfähig, sich des eigenen Sohnes anzunehmen, des Einzelkindes Marcus, den er sich selbst überlassen hat und der von ihm wohl nichts hat lernen können, außer es auf jeden Fall anders zu machen.

Das macht ihm jetzt zu schaffen, es erfüllt ihn mit einer Traurigkeit, die sich so drückend anfühlt wie ein Pflasterstein, während er seinen Körper in die Matratze presst und das Kribbeln in seinen eingeschlafenen Beinen nicht wieder loswird, das ihn wiederum vom Schlafen abhält.

Marcus. Mein Sohn. Im Koma.

Bernard drückt die Nase ans Fenster. Im Zug, der ihn in die Bretagne bringt, zieht Frankreich an seinem mal müden, mal ungläubigen Blick vorbei. Monotone Landschaften, die immer mal wieder durch interessantere Abschnitte unterbrochen werden, führen ihm seine extreme Sesshaftigkeit vor Augen.

»Bin noch nie aus meinem Dorf rausgekommen«, sagt er leise zu seiner Sitznachbarin.

Sie verschluckt sich beinahe, wie geht das denn heutzutage bitte noch? Dennoch scheint er stolz darauf zu sein, es nicht genauso gemacht zu haben wie alle anderen, sein Sohn Marcus sei *in einem anderen Rahmen aufgewachsen, das hat ihn gestärkt*, und bei diesen Worten bricht Bernard völlig unerwartet in Tränen aus.

Mit einer resoluten Geste bringt die Dame neben ihm ihr Handy vor dem weinenden Mann in Sicherheit, nicht dass es durch die Tränen beschädigt wird. Dieser richtet sich rasch wieder auf, wirkt ein wenig verwirrt und tupft mit dem Handrücken die salzige Flüssigkeit und den Rotz auf, der aus seiner Nase läuft.

»Geht's wieder?«, fragt sie schließlich und hält seiner ganzen Verzweiflung ein kleines, in Frischhaltefolie gewickeltes Päckchen entgegen. »Ein Cookie. Den hat meine Köchin gebacken.«

Bernard nimmt den Keks.

»Danke«, murmelt er. Er schluckt einen kleinen Bissen hinunter. »Mein Sohn hatte einen Unfall. Er liegt im Koma.« Da er gleichzeitig isst und spricht, verteilt er versehentlich ein paar Krümel um sich herum.

Die Dame sagt nichts mehr, sie starrt Bernard von der Seite an, der nervös weiterkaut, sie beobachtet ihn, als hätte sie noch nie etwas Derartiges gesehen, einen Mann, dessen Kind in Gefahr ist, und der im Zug sitzt und einen Keks mümmelt.

»Mein Gott«, flüstert sie mehrmals hintereinander. »Haben Sie denn einen guten Arzt?«

Bernard zuckt mit den Schultern, da hat sie schon begriffen, dass er keinen Schimmer hat.

»Sie brauchen einen guten Arzt.«

Dann greift sie nach ihrem Telefon und tippt flink eine Nummer ein, die sie offenbar auswendig weiß.

»In welchem Krankenhaus ist er denn?«

Bernard zögert, aber dann fällt es ihm plötzlich wieder ein: »Saint-Rémy, Kerlé, Bretagne.«

Sie entschuldigt sich und steht auf, die spitzen Absätze ihrer Schuhe klappern über den Gang, der zu dem Übergangsbereich zwischen den Waggons führt. Sie verschwindet hinter der Schiebetür, die sich hinter ihr wieder schließt. *Jetzt geht sie*, denkt Bernard, *das ist ein Vorwand, sie hält mich für verrückt*, und er wendet sich wieder seinem Fenster zu, um seine Nase dagegenzudrücken und ein bisschen zu dösen.

»Barvelle!«

Sie ist wieder da, redet laut, setzt sich hin, zieht mit einer Hand ihre Pumps aus und versprüht eine unglaubliche Energie, während sie all diese Dinge gleichzeitig macht.

»Das ist der beste Hirnspezi in der Gegend, verlangen sie also Barvelle. Auf Empfehlung von …«

»Hirnspezi?«

»Gehirnspezialist, also Neurochirurg. Entschuldigung, das ist so Fachjargon.«

Also ist sie doch zurückgekehrt, noch dazu mit Informationen, die ihm hilfreich erscheinen. Sie bringt sie ihm mit ernster Stimme zu Gehör, fügt weitere Details hinzu, häuft mit beeindruckender Geschwindigkeit Worte an, und Bernard konzentriert sich, um alles nicht nur zu verstehen, sondern sich auch zu merken. Sie gibt Worte wie *einfordern, Befugnis, Rechte, Bericht, verlangen* von sich, aber vor allem fügt sie das Wort *Zuversicht* hinzu, wirft es zehnmal und öfter mitten hinein in diesen Waggon voller Menschen, bringt es in jedem ihrer Sätze unter: *Zuversicht, Zuversicht, Zuversicht*, und jedes Mal ballt sie dabei die Faust. Bernard rührt sich nicht, er lauscht und beobachtet, beides gleichzeitig, es ist ein einmaliger Anblick, so eine Frau hat er noch nie gesehen. Schließlich steht sie auf, geht ein paar Schritte Richtung Ausgang und ruft dann laut, obwohl es doch nur für Bernie bestimmt ist:

»Sie müssen Vertrauen in sich selbst haben! Die Ärzte vergessen Sie am besten.«

Der Zug wird langsamer. Als er zum Stehen kommt, steigt die Dame hinunter auf den Bahnsteig und verschwindet.

Kaum dass er angekommen ist, den zerschlissenen Koffer noch in der Hand, und noch bevor er seinen Sohn gesehen hat, verkündet Bernard in fast schon diktatorischem Tonfall, dass ein Neurochirurg aus der Gegend, Doktor Barvelle, von dem er nur das Beste gehört hat, kommen wird, um sich seinen Sohn anzusehen.

Er brummt: »Ich habe auf der Zugfahrt ein paar Anrufe getätigt.«

Yann hat den Eindruck, als hätte er es mit dem Vorstand eines mächtigen Konzerns zu tun. Und der Widerspruch wird immer größer, denn Marcus hat von *Meinem-Vater-dem-faulen-Sack* stets nur in abwertenden Worten gesprochen und ihm eine Reihe schlechter Eigenschaft zugeschrieben, lediglich unterbrochen von wiederholtem Seufzen. Und nun hat dieser Typ, der soeben erst aus seinem Schnellzug gestiegen ist, innerhalb eines Nachmittags einen Termin mit dem Papst der Neurochirurgie eingetütet, das wird Raymon nicht gefallen, der darüber, von Bernard geschickt eingefädelt, erst in allerletzter Minute informiert wurde.

Anfangs ist es Barvelle unangenehm, dass man ihn konsultiert, um das Urteil eines Kollegen zu widerlegen.

Er findet sich zur vereinbarten Uhrzeit im Eingangsbereich des Krankenhauses ein und schickt sogleich voraus, er habe nur ein paar Minuten Zeit, um rasch einen Blick auf die Röntgenaufnahmen zu werfen. Am Ende bleibt er zwei Stunden. Nachdem er den Fall Marcus sorgfältig untersucht hat, schlussfolgert er in vorsichtshalber etwas verklausulierter Form, dass Raymons Einschätzung alles in allem äußerst nachlässig gewesen sei, *natürlich hätte man eingreifen müssen*, und die Art, wie er die Luft schnaubend durch die Nasenlöcher ausstößt, spricht Bände, wie sehr sein Kollege an Achtung eingebüßt hat. Das Hämatom sei doch wahrlich nicht so schlecht gelegen, nein, wirklich nicht, was für ein merkwürdiger Entschluss, die ersten Stunden über den Patienten entscheiden zu lassen.

»Wie lange wird er noch im Koma liegen?«

Der Vater kann seine Beunruhigung kaum verhehlen.

»Das lässt sich nicht vorhersagen. Bis sich das Hämatom zurückgebildet hat. Was hoffentlich der Fall sein wird.«

»Wie geht das vonstatten?«

Bernard lauscht der Flut an Informationen, die Barvelle auf ihn loslässt. Hin und wieder notiert er sich etwas, und der Chirurg lässt sich sogar, in einem Anflug von unbewusster Solidarität, wiederholt dazu herab, die wissenschaftlichen Begriffe für ihn zu buchstabieren.

Er erläutert, dass eine Operation trotz allem, auch achtundvierzig Stunden nach dem Unfall, immer noch die beste Option sei.

»Einem Kollegen zu widersprechen ist in der Theorie ja schon eine heikle Angelegenheit, aber können Sie sich annähernd vorstellen, was das in der Praxis bedeutet?«

Nein, er als Arbeitsloser kann es sich natürlich nicht vorstellen, wie auch, und zwar zum einen, weil er nicht eine Sekunde lang bereit ist, in Betracht zu ziehen, dass ›einem Kollegen widersprechen‹ ein größeres Gewicht haben könnte als die Gesundheit seines Sohnes, und zum anderen, weil er natürlich absolut keine Ahnung von Neurochirurgie hat, genauso wenig aber davon, wie man einen Kollegen respektiert. Denn einen Kollegen hatte er nie in seinem Leben; da die Arbeit in einem Unternehmen oder einer Institution ja nichts für ihn ist, sind seine einzigen Mitstreiter jene, die mit ihm im Schatten der Zypressen eine Partie Boule spielen oder einen glühend heißen Espresso trinken, der sich mit dem Geschmack eines ersten Pastis' vermischt.

Aber er weiß dennoch, dass er *etwas tun muss*, dass es da zum ersten Mal in seinem Leben etwas gibt, worin er sich nützlich machen kann. Es gibt eine Möglichkeit, doch noch einen Gewinn aus seinem eigenen schlechten Gewissen zu ziehen, und er hofft, auf diese Weise sein Selbstwertgefühl aufbessern zu können. So gelingt es dem Anisschnaps trinkenden Nichtsnutz aus dem Süden mit der vorgetäuschten Erfahrung eines lebenserfahrenen Mannes und mithilfe von geschickten Manövern, den Spezialisten dazu zu bringen, ein rasches Eingreifen zu erwägen.

Kurz nach dessen großen Auftritt als Usurpator möchte Yann Bernard beglückwünschen und findet ihn, wie er völlig erschöpft auf einem Stuhl eingeschlafen ist. Er betrachtet den Körper des Mannes, der ganz verdreht aussieht, den leicht geneigten Kopf, die geschlossenen Lider, die spärlichen grauen Haare, die gebräunte Gesichtshaut, die knittrig wie ein Salatblatt aussieht. Die Ähnlichkeit zwischen den beiden ist nicht zu leugnen. Während er den Schlafenden so ansieht, fragt Yann sich, wie dieser die kommenden Tage wohl verbringen wird, während er darauf wartet, dass das Schicksal über das Weiterleben seines Sohnes entscheidet. Yann streicht dem Mann freundlich über die Schulter. Als Marcus' Vater wieder zu Bewusstsein kommt, schaut er Yann verwundert an.

»Gibt es Neuigkeiten?«, erkundigt er sich sogleich.

Yann schüttelt den Kopf und beugt sich zu dem Mann hinunter. »Das ist gut, was Sie für Ihren Sohn getan haben.«

Bernard blickt Yann direkt an und das Weiße in seinen Augen weitet sich, so etwas hat noch nie jemand zu ihm gesagt.

Schließlich zuckt er mit den Schultern und räuspert sich geräuschvoll.

»Puh, meine Güte, jetzt könnte ich einen Pastis gebrauchen«, verkündet er dann.

Yann lächelt und beginnt gleich darauf, den Kopf hin- und herzuwiegen, um seinem Bedauern Ausdruck zu verleihen.

»Das könnte hierzulande schwierig werden.«

»Deswegen fahre ich ja auch nie weg. Weil es woanders eben nie so ist wie zu Hause.«

Sie stehen aufgereiht auf dem Tisch der Cafeteria der Hafenmeisterei, mindestens zehn Stück, eine neben der anderen, in allen Farben und von allen möglichen Marken.

»Räumt mir dieses Durcheinander hier auf!«, brüllt der Chef.

Es ist genau die Art von Anweisung, die in aller Regel geflissentlich überhört wird.

»Das sind die Thermoskannen von Édith«, erläutert einer. »Die müssen wieder zu ihr.«

»Na, dann fahr hin«, seufzt der Chef. »Los, hopphopp.«

Der Auftrag behagt ihm nicht, Grégoire steht überhaupt nicht der Sinn danach, bei der Dame zu klingeln und ihr sein Beileid auszusprechen, von dem er genau weiß, dass sie es nicht haben will. Genauso wenig will er sich ihrer fixen Idee anschließen, den Körper ihres Ehemannes mit Suppe aus dem Meer holen zu wollen.

»Wer kommt mit?«

»Keiner«, brummt irgendjemand weiter hinten.

Eine Stunde später stellt der Fischer das Auto vor Édiths Haus ab und lädt seine Ware aus. Den Wageninhalt vor der Tür abstellen, klingeln, schnell zum Auto zurückrennen und schnellstmöglich abdüsen, so in etwa hat er sich das vorgestellt, aber das wäre natürlich ziemlich unhöflich, und außerdem kennt er Anka. Zusammen haben sie so manches Deck geschrubbt, und zwar gründlich. Er mag diese junge Frau – wild und unglaublich dickköpfig. Ganz wie ihr Vater.

Als die Tür aufgeht, erscheint Édith gut gelaunt, Lippen und Augen geschminkt. *Für eine alte Frau sieht sie ganz hübsch aus*, denkt Grégoire.

»Guten Tag, Édith ...«

Er lässt ihr gar keine Zeit, etwas zu erwidern, weil er diese Begegnung schnellstmöglich hinter sich bringen möchte.

» ... ich bringen Ihnen Ihre Thermoskannen zurück.«

Er deutet auf die große Tasche und stellt sie dann neben ihr ab. Sie schaut hinein und sieht ungefähr zehn bunte Isolierkannen, es müssen wohl ihre sein.

Sie zuckt ein wenig zusammen, nicht wegen der großen Anzahl, die ihr einen Eindruck davon vermittelt, wie sehr sie sich abrackert – manch einer würde es Besessenheit nennen –, sondern wegen des Jodgeruchs, der von dem jungen Mann ausgeht. Ein Geruch nach Meerwasser und Algen, der Édith umweht und sie einen ganz kleinen, unsicheren Schritt zur Seite machen lässt. Der Fischer bemerkt nichts von ihrem inneren Aufruhr, der sie trifft wie ein Schlag in die Magengrube. Sie führt ihre Hand dorthin. Plötzlich hat sie das Gefühl, keine Luft zu bekommen, kommt sich winzig vor und bringt nichts weiter hervor als ein gehauchtes, kaum vernehmbares *Dankeschön*.

Vor ihr steht dieser Küstenfischer in den gleichen Stiefeln, die Vladimir trug, wedelt mit den Händen in der Luft und kaut auf der Nagelhaut seines Daumens herum.

»Gern geschehen«, sagt er leise.

Und dann fügt er, weil ihm seine Antwort etwas zu dürftig vorkommt, hinzu: »Ihre Suppen sind wirklich lecker!«

Das hätte er nicht sagen dürfen.

Seit Vladimir tot ist, hat niemand ihren Kochzwang ernst genommen. Anka, Line und viele andere behandeln sie, als hätte sie einen an der Waffel, und lassen sie ansonsten gewähren, sodass sie ihrer Beschäftigung nachgeht, ohne von irgendwoher Bestärkung, geschweige denn Komplimente zu erhalten.

Im Übrigen ist ihr *im wahren Leben* eigentlich vollkommen egal, wie ihre Suppe schmeckt oder welche Reaktionen sie bei den *anderen* hervorrufen mag. Worum es ihr geht, ist, Vladimir einen Platz in der Reihe der Unsterblichen zu verschaffen. Denn auch schon vor dem Verschwinden ihres Mannes hatten ihre täglichen Suppen, unabhängig von deren Geschmack, hauptsächlich das Ziel, eine Verbindung herzustellen.

Was sie in ihrem Kochtopf fabrizierte, diente dazu, zu dem Mann des Meeres, dem Mann der Abwesenheit und Entfernung, der ihr Ehemann nun einmal gewesen war, eine Verbindung, man könnte sagen, eine *Ligatur* zu schaffen. Sie gab ihm immer eine Thermoskanne mit auf den Weg, und er hat sie vor dem Auslaufen stets von ihr eingefordert. Er wusste, dass sie beim Kochen an ihn dachte, und sie wusste, dass er beim Essen an sie denken würde. Das hatte ihnen beiden gutgetan. Trotzdem hat sie nie gewusst, ob ihm eigentlich wirklich schmeckte, was sie da zusammenrührte. Auf ihre seltenen Fragen hatte er stets *Jaja* geantwortet, immer mit der doppelten Bejahung, bis sie gar nicht mehr darauf achtete.

»Lecker?«, fragt sie nach und weicht dabei einen kleinen Schritt zurück.

»Ja, wirklich sehr schmackhaft. Ich bin froh, Ihnen das endlich einmal sagen zu können.«

Er wirkt ehrlich begeistert und flattert mit den Wimpern wie ein Kind. »Am liebsten mag ich die Lauchsuppe, weil Sie da keine Sahne reintun, nur Brühe und Kartoffeln, so ist es am besten.«

Édith hört zwar, was er sagt, aber es kommt nicht richtig bei ihr an. Jene Worte kommen von weit her und müssen zuerst die Mauer der Realität überwinden, bevor sie sich in ihre Ohren winden und erst dann ihr Gehirn erreichen.

»Ihr Mann hat das sicher geliebt!«

Da bricht sie völlig unvermittelt in Tränen aus, wie sie da auf der Vortreppe ihres Hauses steht, vor den Augen des überraschten Grégoire, der unfähig ist, zu reagieren, und kein einziges Wort hervorbringt. Noch nie hat er eine Frau so weinen gesehen, solch ein heftiges Schluchzen, aus ihren Augen strömen Tränen, die sie mit den Handflächen zurückzuhalten versucht.

»Ich weiß es nicht, ich hab keine Ahnung.«

Sie wiederholt den Satz mindestens zehnmal, aber die Worte vermischen sich mit ihrem Schluchzen, sodass nur ein wirres, unverständliches Gestammel dabei herauskommt.

Grégoire legt ihr die Hand auf eine der bebenden Schultern. »Es tut mir leid, aber ich muss jetzt wieder los.«

Édith rührt sich nicht vom Fleck, steht weiter vor ihm und wiederholt unaufhörlich dieselben Gesten: ihre Hände, die die Tränen von ihrer Wange wischen, der Oberkörper, der sich hin und her wiegt, und die kurzen Schreie der Verzweiflung, die sich zu einem Klagelied formen.

»Aber ich kann wiederkommen, wenn Sie wollen. Ja, ich komme wieder. Ich komme wieder.«

»Ich war da, als Sie runtergefallen sind.«

Das sind die ersten Worte, die sie ihm zuflüstert, als hätte sie Angst, ihn sonst aufzuwecken.

Zuvor hat Anka die Krankenschwester um Erlaubnis gebeten, sich mit dem Kranführer *unterhalten* zu dürfen, aber weil das solch ein großes Wort ist, hat sie sich gleich darauf korrigiert: »Oder sagen wir, ihm Gesellschaft zu leisten.«

»Sind Sie eine Angehörige?«

Die Frage bringt Anka in Verlegenheit, und sie schüttelt den Kopf, bevor sie ihn senkt. »Nein, ich wollte nur wissen, wie es ihm geht.«

Die weiß gekleidete Dame deutet ein überhebliches Lächeln an. »Scheint ja das Ereignis des Jahres zu sein ...«

Die Schwester geht offenbar von voyeuristischem Interesse und damit ziemlich hässlichen Beweggründen aus, dabei sind Ankas Absichten doch ganz andere.

Sie spürt, wie ein Gefühl der Scham in ihr aufsteigt. »Oh nein, das ist gar nicht ...«

Wie soll sie ihr erklären, dass der Kranführer und sie am Tag des Unfalls beide im Abstand von nur wenigen Sekunden knapp dem Tod entronnen sind, aus zwei unterschiedlichen Gründen, an ein und demselben Ort, der eine knapp fünfzig Meter oberhalb der anderen. Um es zu veranschaulichen, müsste sie ihr einen Plan aufzeichnen, um die Position des Krans, die des Kranführers und die Stelle zu markieren, an der Anka sich in jenem Augenblick befunden hat.

Stattdessen schweigt sie lieber.

Die Schwester zieht offenbar ihre eigenen Schlüsse, fuchtelt entsprechend mit den Armen herum und geht dann mit mechanischen Schritten auf das Zimmer des Kranführers zu, wobei sie Anka bedeutet, ihr zu folgen. Als die Tür aufgeht, erblickt sie einen großen Raum, in dem es, wie zu erwarten war, sehr still ist. Der Mann liegt unter einem Laken, das an den vier Ecken fest unter die Matratze gestopft ist, und seine ausgestreckten Arme, die obenauf liegen, sehen aus wie Stöcke. Eine durchsichtige Sonde, die in seinem Unterarm steckt, versorgt ihn augenscheinlich mit Nährstoffen. In regelmäßigen Abständen erinnert ein kurzer, hoher Piepton alle Anwesenden daran, dass sein Herz weiterhin schlägt.

»Ich bin in einer Viertelstunde wieder da.«

Die Krankenschwester tauscht den Infusionsbeutel links vom Bett aus und zieht sich dann zurück, wobei sie im Vorbeigehen leicht über die Hand des Kranführers streicht und nun doch ein erstes Lächeln für Anka übrighat.

»Er sieht nicht übel aus, oder?« Sie kichert und verlässt das Zimmer.

Danach hört man nichts mehr. Wieder diese Stille, nur unterbrochen von den Geräuschen des EKGs. Das Gepiepse scheint zu einem einzigen Ton zu verschmelzen, der alles andere verschluckt.

Anka bleibt einen Moment lang regungslos stehen. Sie befürchtet, das empfindliche Gleichgewicht zu stören, irgendein lautes Geräusch zu verursachen, einen inneren Aufruhr auszulösen, bei sich selbst mit Sicherheit und vielleicht auch bei dem Körper vor ihr.

Dann wagt sie sich vor, nimmt sich einen Stuhl, stellt ihn ungefähr zwei Meter entfernt vom Bett hin, setzt sich, schlägt ein Bein über das andere und blickt dem Kranführer direkt ins Gesicht.

»Hallo, Marcus, mir wurde gesagt, dass Sie Marcus heißen.«

Schweigen ist die einzige Antwort. Dennoch lässt sie höflich eine kurze Pause verstreichen, um Zeit für eine Erwiderung zu lassen, nur für den Fall.

»Ihr Bauhelm hätte mich beinahe erschlagen. Zum Glück ist er direkt neben mir aufgekommen.«

Während sie das sagt, muss sie lachen, aber dann wird ihr bewusst, was sie da gerade Dummes gesagt hat, umso absurder, wo er hier liegt, in diesem Krankenhausbett, seit mittlerweile drei Tagen.

»Entschuldigung«, fährt sie nach ein paar Sekunden fort. »Mich mit Koma-Patienten zu unterhalten scheint wohl nicht meine Stärke zu sein.«

Prompt entschuldigt sie sich erneut und beschließt, lieber auf den Begriff *Koma* zu verzichten, weil dieses Wort auf einen dauerhaften Zustand verweist und sie lieber nicht den Teufel an die Wand malen möchte.

»Vielleicht schlafen Sie ja auch nur? Weil Sie erschöpft sind. Weil dieser Beruf, bei dem man ständig da oben herumklettert, Sie erschöpft hat, und Sie sind nur gesprungen, um sich mal so richtig auszuschlafen.«

Gar nicht so blöd, denkt sie anschließend. *Das würde mir auch guttun, mich mal richtig auszuruhen.*

Dann steht sie auf, schiebt den Metallstuhl zurück, dessen Füße quietschend über den Linoleumboden schaben, macht ein paar Schritte auf das Fenster zu, hebt den halb durchsichtigen Vorhang an und erblickt in der Ferne das Meer. Sie blickt lange auf die Weite der Wassermassen und bemerkt, wie jedes Mal in letzter Zeit, ein mulmiges Gefühl in der Magengegend, das auf ihr Herz überzugreifen droht. In dem Moment sagt sie es: »Ich weiß doch, dass ich verloren habe.«

Dann kehrt sie dem Meer den Rücken und setzt sich wieder hin.

»Können Sie mich hören?«, flüstert sie.

Sie wünscht sich, dass er ihr antwortet, sie wäre gerne die Person, in deren Gegenwart der Kranführer wieder aufwacht, ein bisschen wie bei Schneewittchen, nur andersherum, dabei weiß sie nicht mal, wie der Mann, der da vor ihr liegt, eigentlich aussieht, sie hat sich gar nicht die Zeit genommen, ihm richtig ins Gesicht zu blicken. Sie ist gekommen, um sich nicht länger so schuldig zu fühlen und zu erfahren, ob es etwas Neues gibt. Wenn man praktisch dabei zugesehen hat, wie jemand knapp am Tod vorbeigeschrammt ist, dann geht das nicht spurlos an einem vorüber.

Sie neigt sich ein wenig vor, um sein bleiches Gesicht besser betrachten zu können, die kreideweiße Haut, die geschlossenen Augen, unter denen sich rötlich-violette Ringe abzeichnen.

»Ich kann Sie hören«, fügt sie hinzu. »Ich höre Sie sogar atmen.«

Schade, dass sie nicht sehen kann, welche Augenfarbe er hat.

Marcus liegt komplett regungslos da, blinzelt nicht, bewegt sich nicht, seine Haare sind sorgfältig nach hinten gekämmt. Anka fragt sich, wer sich wohl um diesen Mann kümmert, vielleicht hat er eine Frau, eine Tochter oder eine Mutter? Wenn Anka dagegen tatsächlich von dem Bauarbeiterhelm getroffen worden und anschließend ins Koma gefallen wäre, hätte Édith sie sicher nicht so sorgfältig frisiert. Man kann nicht die gesamte Gemüseernte der Region verarbeiten und sich gleichzeitig um sein Kind kümmern.

Es ist 18 Uhr, und es ist noch hell draußen, die robusten Sonnenstrahlen des April lassen den tiefblauen Himmel leuchten.

»Mein Vater ist tot«, fährt sie, an Marcus gerichtet, fort.

Sie wiederholt das Wort *tot* noch einmal allein, losgelöst von den anderen, sagt es dreimal deutlich vor sich hin.

Sie möchte sehen, ob ihn das bewegt. Denn das sollte es. Ja, wirklich, das sollte es.

»Und ich bin Friseurin.«

In dem Moment kommt die Schwester wie angekündigt ins Zimmer herein, pünktlich auf die Minute, als hätte sie die ganze Zeit hinter der Tür gestanden und auf die Uhr geblickt.

»War's gut? Hat er sich gut benommen?«, fragt sie scherzhaft.

Anka weiß nicht, was sie darauf erwidern soll. Sie sammelt ihre Sachen ein, winkt Marcus verlegen zu und wendet sich dann an die Krankenschwester.

»Kann ich morgen wiederkommen?«

»Ich habe nichts dagegen, aber sie sollten das vielleicht mit seinem Vater besprechen.«

»Kommt er jeden Tag?«

»Seit er hier angekommen ist, ja«, bestätigt die junge Frau im weißen Kittel.

»Danke«, sagt Anka leise.

Sie geht aus dem Zimmer, dreht sich noch einmal um, weil sie nachsehen will, ob Marcus sich nicht vielleicht in der Zwischenzeit bewegt hat, aber nein. Anka verabschiedet sich mit einem Handzeichen von der Schwester und geht dann den langen Flur entlang.

Am Tag darauf hat Barvelle seine Meinung geändert.

»Wir operieren nicht. Heute Morgen wurde ein weiteres MRT gemacht. Das Hämatom hat sich bereits leicht zurückgebildet.«

Hinter ihm steht Raymon und trägt ein triumphierendes Lächeln im Gesicht, das unter anderem Bernard gilt, dem es sichtliches Unbehagen bereitet, dass er so wenig versteht, und der an einer ganzen Reihe von missbilligenden Äußerungen zu ersticken droht.

»Aber ... wie ... was?«

Raymon holt einmal tief Luft, um seinem Ärger frischen Sauerstoff zukommen zu lassen. »Sie haben Doktor Barvelle doch gehört, nicht? Wir warten!«

Bernard weicht gut einen Meter zurück, um einen besseren Blick auf seine beiden Gesprächspartner zu haben und einordnen zu können, ob es sich hier um ein kleines Machtspielchen unter Kollegen oder um eine seriöse Information handelt.

»Gestern waren Sie noch für die Operation, heute Morgen haben Sie Ihre Meinung geändert: Ich weiß ja nicht, wie das hier in der Bretagne so läuft, aber bei uns im Süden macht man, was man gesagt hat.«

Barvelle mustert ihn kühl, dann blickt er mit kaum verhohlenem Abscheu auf sein Äußeres – Bernard ist im Trainingsanzug, dessen Kapuze schlaff in seinen Nacken hängt, ein Paar ausgelatschte Reeboks an den Füßen – und kann sich gerade noch zurückhalten, diesem Provinzheini, der nicht den blassesten Schimmer davon hat, wie ein Gehirn aussieht, geschweige denn das seines Sohnes, gehörig die Meinung zu geigen.

»Ich weiß ja nicht, was Sie beruflich machen, guter Mann, aber in der Neurochirurgie pflegen wir …«

An dieser Stelle fällt Bernard ihm einfach ins Wort. Er hat keine Lust, diese offenkundige Herablassung geduldig über sich ergehen zu lassen, damit hat er schon in den Cafés und Bistros in der Nachbarschaft keine guten Erfahrungen gemacht.

»Ich hab mich abgerackert wie ein Blöder, damit mein Sohn ein schönes Leben hat … Darum dürfen Sie ihn mir jetzt nicht vor die Hunde gehen lassen!«

Bernard hat mit dem Nachdruck einer wichtigen Respektsperson gesprochen, und Yann, der direkt neben ihm steht, reißt die Augen weit auf.

Dann dreht er die Handflächen nach oben und fügt hinzu: »Verstanden?«

Danach bricht Bernard in Tränen aus. Eine regelrechte Explosion winziger, salzig scharfer Wassertropfen, eine Kummeressenz, die sich um ihn herum ausbreitet, seine Wangen benetzt, seine Ohren, den Ansatz seiner Schultern.

Die Ursache dafür ist zum einen die Angst, seinen Sohn vielleicht niemals wiederzusehen, vermischt mit dem Eingeständnis seines Versagens als Vater, eines Versagens, auf das er sonst so stolz gewesen ist, aber das ihm jetzt, wo Marcus im Koma liegt, hohl vorkommt wie ein Ball.

Yann macht einen Schritt auf den alten Mann zu, streicht ihm tröstend über den Rücken, versucht, sein lautes Weinen zu beruhigen. Barvelle und Raymon sind vollkommen überrumpelt. Da stehen sie peinlich berührt und beobachten, wie dieser in sich zusammengesunkene Körper von heftigen Zuckungen geschüttelt wird, und fühlen sich trotz ihres ganzen angehäuften Wissens schlecht ausgestattet, menschlich verkümmert. Eine Erkenntnis, die beide selbstredend für sich behalten.

Die dicke Krankenschwester unternimmt einen Versuch, die Situation versöhnlich zu beenden.

»Wenn das Hämatom sich zurückbildet, dann bedeutet das doch, dass es ihrem Sohn besser geht! Das müssen Sie dem Herrn schon glauben, ist ja alles schließlich auch erst vier Tage her.«

Sie wendet sich an Doktor Raymon, der damit beschäftigt ist, Hautfetzen von seinen Fingerspitzen abzureißen.

»Nicht wahr, Doktor?«

Augenblicklich richtet sich der Arzt wieder auf, ein kurzes Rucken des Halses nur, dann nickt er und fügt hinzu: »Sie müssen uns schon ein bisschen vertrauen ...«, und tätschelt mit seinen geschickten Fingerspitzen Bernards schmächtiges Schulterblatt in der kaum verhohlenen Aufforderung, sich doch bitte endlich wieder zu beruhigen.

Yann dankt den Ärzten im Namen von Marcus' Vater, der seine Sprache immer noch nicht wiedergefunden hat, und stürzt sich, nachdem die Ärzte sich zügig verabschiedet haben, auf den nächsten Kaffeeautomaten. Er lechzt nach einer Dosis Koffein, um wieder zu sich zu kommen.

An diesem Morgen ist Anka wieder gekommen, um Marcus zu besuchen, diesmal ohne der Schwester Bescheid zu geben, es ist auch nicht die gleiche wie am Vortag. Die Tür zum Zimmer des Kranführers steht offen. Sie tritt ein, geht zum Bett und fragt sich, ob der Mann, der da liegt und aussieht, als ob er schläft, Träume hat. Anka vermutet, dass er sich wohl in einem Zwischenstadium befindet, einem undefinierbaren Zustand, einer Art Lethargie, die vielleicht sogar eine heitere Seite hat, zumindest dem angedeuteten Lächeln nach zu urteilen, das sich auf seinen Lippen abzeichnet.

Sie zieht den Stuhl zu sich heran, setzt sich behutsam, doch die Position erscheint ihr irgendwie unbequem. Sie legt ihre Tasche auf den Knien ab.

»Hallo Marcus.«

Doch lieber auf den Boden.

»Geht es Ihnen besser? Haben Sie gut geschlafen?«

Gleich darauf korrigiert sie sich ein wenig verlegen.

»Letzte Nacht, meinte ich. Gar nicht so leicht, sich mit jemandem wie Ihnen zu unterhalten.«

Sie seufzt und lacht gleichzeitig.

»Ich war gestern schon hier. Ich heiße Anka.«

Dann steht sie auf und öffnet die schmale Tür, die das Zimmer von dem winzigen Badezimmer abtrennt, und dreht sich zu Marcus um: »Darf ich?«

Sie macht die Tür hinter sich zu.

In dem oval geformten Wandspiegel erblickt sie ihr Gesicht, dunkle Augenringe, die von fein geschnittenen Zügen umgeben sind. Sie tätschelt ihre Wangen, damit sie besser durchblutet werden und ein bisschen rosige Farbe hineinkommt. Dann zieht sie aus ihrer Tasche eine kleine Tube mit Lippenpflege, die sie sorgfältig aufträgt und mit der Spitze ihres Zeigefingers geschickt verteilt.

Als sie zurückkommt, hat Marcus sich erwartungsgemäß nicht bewegt. Sie setzt sich wieder auf den Stuhl am Fußende des Bettes.

»Keine Ahnung, was ich hier eigentlich mache.«

Die Füße des Mannes bilden zwei unförmige Hügel unter dem Laken, und sie versucht, seine Schuhgröße zu erraten. Gerne würde sie ihre zum Vergleich danebenhalten. Außerdem fragt sie sich, wie groß er wohl sein mag, und stellt verwundert fest, wie schwer es ist, die Maße eines Körpers in der Waagerechten zu schätzen. Sie würde sich gerne direkt neben ihn legen, um sich einen Überblick über ihre verschiedenen Proportionen zu verschaffen, aber nein, wirklich, das traut sie sich nicht.

»Als ich gesehen habe, wie Sie da an Ihrem Karabinerhaken in der Luft hingen, wie eine Marionette, genau über mir, da musste ich an meinen Vater denken. Wegen der Körperhaltung.«

Im Grunde ist die Haltung eines verunglückten Körpers, egal ob in der Luft oder im Meer, dieselbe, der Oberkörper mit den weit ausgebreiteten Armen, der zurückgelegte Kopf. Vladimir muss auf ähnliche Weise das Bewusstsein verloren haben, auch er in jenem Zustand, in dem der menschliche Organismus auf einmal mehr Ähnlichkeit mit einem Gegenstand als mit etwas Lebendigem hat.

Bestimmt hat Marcus helle Augen. Sie weiß es natürlich nicht, es ist nur eine Ahnung, die sie überkommt, als sie ihn betrachtet. Er ist dreißig. Oder zweiundvierzig. In den Augenwinkeln zeichnen feine Linien Spuren in seine Haut, andere, die sich deutlicher abzeichnen, verlaufen abwärts und setzen seinen Mund sozusagen in Klammern.

Während sie ihm gegenübersitzt, versucht sie, eine Weile reglos zu verharren. Nur die Augenlider zu bewegen, sonst nichts, den Rest zu kontrollieren, vollkommen unbeweglich, das verlangt ihr einiges an Konzentration ab. Auf diese Weise möchte Anka ihm ihre Solidarität ausdrücken.

Als ihr klar wird, wie sinnlos das ist, lässt sie los, ihr Körper und ihr Geist fallen im selben Augenblick ebenfalls solidarisch in sich zusammen, und sie lässt sich rücklings auf das Bett fallen, ganz knapp unter Marcus' Füßen. Ihr Blick, der nunmehr an die Zimmerdecke gerichtet ist, ist voller Fragen, sie hat das Gefühl, als würde sie sich auflösen, als ob sie dort, nur wenige Fingerbreit vom Tod entfernt, der über Marcus wacht, und genauso weit entfernt vom Leben, das ebenfalls sein Möglichstes versucht, einmal sprudelnd übergekocht wäre und sich danach überhaupt nicht mehr rühren kann.

Sie spürt ihre Muskeln, die fest auf der Matratze liegen und horcht in sich hinein, in ihrem Inneren brodelt es weiter, es gibt viele kleine Explosionen von der Dimension eines Fingerschnipsens, die alle eine Flut von Empfindungen und verstrickten Gedanken nach sich ziehen. Und dann ist es so weit, die Gefühle fließen auf das Laken hinab, breiten sich auf der Matratze aus und tropfen schließlich zu Boden, ein feiner Regen aus Erschütterungen und Emotionen.

Im Grunde fristet sie ihr Dasein seit Jahren schon so gedämpft, dank eines steten Sich-Zusammenreißens hat sie sich ein kleines, mittelmäßiges Leben zusammengeschustert, in dem sie bis zum Umfallen verknöchert, bis ans Ende ihres Lebens wird sie in einer kleinen Provinzstadt Haare färben. Kurz kommt es ihr so vor, als befände sie sich in einer ähnlichen Lage wie Marcus, gleich weit vom Leben wie vom Tod entfernt.

Dann aber steht sie auf und macht sich klar, dass es für sie ja gar keinen Grund gibt, liegen zu bleiben, und sie sagt sich, dass *am Leben sein* bedeutet, aufrecht zu stehen und Entscheidungen zu treffen. Es kommt ihr so vor, als würde sie ihre Mutter hören oder vielleicht sogar ihren Vater, sie weiß es auf einmal nicht mehr. Um es herauszufinden, fällt ihr nichts anderes ein, als in ihren Erinnerungen herumzuwühlen, denn sie hat noch nicht begriffen, dass es ihre eigene Stimme ist, die sie vernimmt.

Anka dreht sich zu Marcus um: »Mein Vater ist tot ...«

Dann fügt sie hinzu: » ..., aber du bist es nicht.«

Das ist es wohl, was den Unterschied zwischen den beiden ausmacht.

Sie fährt fort: »Es sind die Menschen, die zur See fahren, die verschwinden.« Da fällt ihr plötzlich ein, dass Marcus ja eher jemand ist, der sich für eine andere Richtung, den Himmel, entschieden hat, dem er sich ein Stückchen nähert, sobald er seinen Kran hinaufklettert.

Also das genaue Gegenteil von Vladimir, und dieser

Gedanke bringt sie zum Lächeln. Als Nächstes lacht sie laut auf, ohne zu wissen, woher plötzlich dieser Schwall guter Laune kommt, zum ersten Mal seit ziemlich langer Zeit fühlt sie sich locker und gelöst, als wäre eine Last von ihr abgefallen. Da ist eine Ausgelassenheit in ihr, die nur darauf wartet, entzündet zu werden.

Sie tritt so nahe wie möglich an Marcus heran, denn sie möchte jetzt nicht mehr laut zu ihm sprechen, sondern lieber nur flüstern. Es hat für sie etwas Beruhigendes, sich an einen bewusstlosen Körper zu wenden; sie findet die Vorstellung, reden zu können, ohne gehört zu werden, wunderbar, eine hervorragende Gelegenheit, sich alles von der Seele zu reden, ohne verurteilt zu werden. Sie denkt: *Hier, an den Ohren eines bewusstlosen Körpers, ist der Ort, an dem ich mein Leben ablegen kann.*

Genau das wird sie tun. In den folgenden Tagen kehrt Anka immer wieder zu dem Kranführer zurück. Sie bleibt dicht an seinem Bett, erzählt beinahe unaufhörlich vor sich hin und sieht ihm bei seinem Dasein zu, wie er in einer fast gebieterischen endlosen Stille daliegt. Es gefällt ihr, dass er sie nicht hört, das macht es für sie einfacher, und außerdem möchte sie gerne dabei helfen, Marcus zu stimulieren. Sie weiß, wie abwegig die Situation ist, sie ist ja nicht verrückt, hat sich aber doch schnell daran gewöhnt.

So erzählt sie ihm nach und nach, was los ist. Mit wackeligen Worten und Begriffen, die sie niemals ganz zufriedenstellen, beschreibt sie ihr Leben wie eine pointillistische Gewitterwolke aus unzähligen kleinen Punkten, die wild durcheinanderwirbeln, jeder ein winziger Tupfer in einer träumerischen Umgebung.

Es kommt vor, dass sie ihren Worten eine Entschuldigung vorausschickt, nur um anschließend sarkastisch zu ergänzen: »Ich erzähle dir mein Leben, dabei könnte ich dich genauso gut auch anschweigen.«

Sie weiß nicht, ob sie eigentlich wegen ihm oder um ihrer selbst willen herkommt. Die meiste Zeit über denkt sie, dass das, was sie da tut – die Nähe eines ihr vollkommen unbekannten Mannes zu suchen und damit ihrem Leben einen Sinn geben zu wollen –, dass selbst das, ja das sogar mehr als alles andere keinen Sinn ergibt.

Édith hat beschlossen, dass sie mit dem Verkauf der *Baïkonour* nichts zu tun haben will: »Der olle Kahn, das ist deine Sache.«

Für Anka ist das eigentlich eine Erleichterung. Schon seit Wochen wartet der Hafenmeister darauf, den Hangar wieder nutzen zu können, aber in Anbetracht der Umstände zwingt er sich zur Geduld. Anka schiebt die Sache vor sich her, obwohl sie ganz genau weiß, dass sie sein Wohlwollen strapaziert, und nutzt die Vorteile, die ihr die Trauer verschafft, gnadenlos aus.

Diesen Dienstag geht sie endlich einmal wieder hin. Das Tor zum Hangar gleitet geräuschlos auf, jemand hat wohl die Räder geölt, es riecht immer noch nach Diesel und nach Krebsen. Kurz zuvor hat Anka die Kaufangebote studiert, die in der regionalen Immobilienzeitung aufgelistet sind, und sie mithilfe von Flans Mathekenntnissen und seinem Taschenrechner sehr genau unter die Lupe genommen. Gemeinsam haben sie ganz nüchtern ermittelt, was ihr der Verkauf der *Baïkonour* wohl einbringen würde, und sind am Ende einer ausführlichen Berechnung zu dem Schluss gelangt, dass sie zwölf Jahre davon leben könnte, ohne einen Cent dazuverdienen zu müssen.

Einen Augenblick denkt sie an ihren kasachischen Großvater, dem sie nie begegnet ist, und fragt sich wieder einmal, wie aus dem Schrauben an einer Rakete so viel Geld geworden ist. Vladimir konnte es ihr auch nicht erklären, und das sagte eigentlich sehr viel darüber aus, was an diesem Mann, ihrem eigenen Vater, so seltsam gewesen war, der sechzig Jahre zuvor aus Baikonur gekommen war, mit einem Haufen Klamotten, aber keinerlei Erinnerungen im Gepäck.

Anka verbringt die folgenden zwei Stunden vor dem Schiff kauernd, angelehnt an die Kaimauer. Sie versucht, den Blick des Bootes aufzufangen, sie möchte ihn mit ihrer Wut durchbohren, mit einem Blick, der scharf ist wie eine Lanze, und im Gegenzug will sie der Scham und der Verachtung desjenigen standhalten, der *das getan hat*. Sie möchte das Boot zum Äußersten treiben, es soll sie anflehen und um Verzeihung bitten dafür, dass es das Vertrauen des Meeresfischers verraten und Vladimir auf dem offenen Meer sich selbst überlassen hat, anstatt seiner Pflicht als Beschützer nachzukommen. Sie will Reue, Entschuldigungen, sie will nichts weniger, als dass der Schuldige sich vor ihr verneigt und um Gnade fleht.

Schließlich wird sie aufbrausend: »Mir wäre es gelungen, dich an die Leine zu nehmen und wie einen Hund zu dressieren! Mir ja!«

Sie wird laut, erhebt tapfer ihre belegte Stimme, und die mit so viel Nachdruck ausgesprochenen Wörter prallen gegen den Rumpf aus Polyester. Dann lässt sie sich nach hinten gegen die Mauer fallen, gibt der Erdanziehung nach, sodass ihr Rücken an der senkrechten Wand hinabgleitet, bis sie auf dem Boden sitzt.

Von dort aus sieht sie, wie die *Baïkonour* sich verändert, eben war sie noch ein Monster, aber jetzt macht sie eine Reihe von Verwandlungen durch, die ohne Frage alle ihrer Fantasie entspringen, bis sich allmählich die hintersten Partien ihres Unterbewusstseins öffnen und Erinnerungen an ihren Vater freigeben, die Zeit ist verschwommen, der Ort jedoch eindeutig: der aufgewühlte Atlantik, dessen Wasser die Farbe von geschmolzenem Blei hat. Noch einmal macht Vladimir sie mit dem Ozean vertraut, mit der Sonne und dem Himmel darüber. Er nimmt sie an der Hand und führt sie durch die Mäander seiner Vielfältigkeit, diese wunderbare, lockere und raue Einheit, die wir *das Meer* nennen. Wie lässt sich diese vielgesichtige Natur begreifen, in der sich lauter unvereinbare Eigenschaften tummeln, nichts als unauflösbare Widersprüche und Gegensätze?

Eines Tages hatte Vladimir, der mit einer Zigarette im Mund auf Deck saß, mit einem verschmitzten Lächeln zu seiner Tochter gesagt: »Ich reiße mir ein Bein aus, um dir das Unergründliche beizubringen, alles nur, damit es dir nichts anhaben kann.«

Damals hat Anka nicht verstanden, wovon er da redete, heute ist sie sich ganz sicher, dass ihr Vater den Atlantik weit mehr um seiner Tochter willen als um seiner selbst willen gefürchtet hat. Da steht sie nun also vor dem niemals Sinkenden und fragt sich, was sie denn nun mit *dem Meer* anfangen soll, dieser wilden Leidenschaft, zu der Vladimir ihr diesen Zugang eröffnet hat, er, der im Übrigen nun immer öfter die Hände hinterm Rücken verschränkt.

Anka lässt sich von der Kälte nicht beirren, die vom Kaiboden des Hangars in ihr hochsteigt, *das Wasser schlägt unermüdlich gegen die Ufer und hört niemals auf*, hatte er immer gesagt.

»Du weißt, dass ich es gekonnt hätte.«

Sie sagt es laut, und die fast schwarze Oberfläche des Wassers lässt die Worte von einer Mauer zur anderen hallen. Sie wartet auf eine Reaktion der *Baïkonour*, die friedlich und reglos daliegt. Überall in diesem Boot liegen die sterblichen Überreste einer tiefen Verbitterung, da ist ein stetes Misstrauen, aber gleichzeitig weiß sie aus tiefster Überzeugung, dass ihr Vater sich geirrt hat.

Anka richtet sich auf, bleibt aber noch eine Weile an die Mauer gelehnt stehen und wartet grundlos ab, bevor sie schließlich zu der Cleopatra Fisherman 38 hinübergeht und sich an Bord begibt. Wie lange genau ist es her, dass sie zuletzt einen Fuß auf dieses Deck gesetzt hat? Sie zieht ihre Schuhe aus und geht ein bisschen umher, und sogleich stellt sich Gewissheit ein. Sie spürt, dass sie an den richtigen Ort zurückgekehrt ist, dass hier ihr Platz ist. Dass sie wieder zu ihrem eigentlichen, unbeugsamen Ich zurückgefunden hat, und sie atmet aus:

»Wurde ja auch Zeit.«

Dann legt sie sich auf den Rücken, holt tief Luft, hält die Augen geschlossen, ihr ganzer Körper ist high vom ozeanischen Sauerstoff, den sie so gierig inhaliert, wie andere Leute illegale Substanzen schnüffeln. Die Luft, die sie durch ihre Nasenlöcher einsaugt, schwemmt über die kleinen und großen Bereiche ihres Hirns hinweg, eine alte Mechanik in ihr springt wieder an, verkrustete Rädchen greifen ineinander, und sie vernimmt das Brummen eines Motors, der aus einem langen Schlummer erwacht und sich ganz gemächlich wieder in Gang setzt.

Flan steht über eine schuppige, weitgehend kahle Kopfhaut gebeugt, die er mit Mandelöl massiert, um die weitere Schuppenbildung etwas einzudämmen. Der dazugehörige Schädel gehört einer alten Dame, die sich demütig hinter dicken Brillengläsern versteckt. Flan kann noch so lange versuchen, ihre Augen zu suchen, alles, was er sieht, ist ein unglaublich dickes Paar Trifokal-Gläser, alte Augäpfel, dazu verdammt, hinter gläsernen Schutzschilden zu verschwinden, und etwas weiter unten die Hände, die nicht aufhören zu zittern, auch wenn sie auf den Armlehnen abgelegt sind.

Flan kümmert sich um die Dame, als wäre sie aus Porzellan, seine Gesten wirken unendlich sanft, er gibt sich wirklich große Mühe. Anka, die im Hintergrund sitzt, den Rücken an die Wand gelehnt, beobachtet die Szene mit einem angewiderten Gesichtsausdruck, am liebsten würde sie den Blick abwenden. Sie verharrt noch ein paar Sekunden länger in dieser Position, dann beschließt sie, sich die Hände zu waschen, und hüllt sie in dicken Seifenschaum, den sie minutenlang überall verteilt.

Sie muss mit Flan reden. Ihm sagen, dass sie nicht mehr kann. Nicht diese Stadt, nicht der Salon, nicht diese

Straßen, wo ihr jeder Pflasterstein vertraut ist. »Leute, ich hau ab, ich warne euch, wenn keiner was unternimmt, dann bin ich bald hier weg, ganz ehrlich …«

Sie redet mit sich selbst in der Hoffnung, dass irgendjemand die Unterhaltung mithört. Um Hilfe zu bitten fällt ihr nicht leicht. Wirklich verstanden zu werden ist etwas, was sie schon lange nicht mehr versucht hatte.

»Anka!«

Line kommt hereingestürmt wie ein stolzer Büffel, sie geht, als hätte sie eine Garnison hinter sich, schlägt die Tür hinter sich zu und schmeißt ihre Schlüssel genauso rücksichtslos auf die Theke. Dann begrüßt sie nacheinander brüllend alle Kunden, damit sie auch ja verstanden wird. Als Nächstes drückt sie jedem ihrer Angestellten drei schallende Wangenküsse auf, verweilt noch einen Augenblick im Raum, um sich einen Eindruck von der Stimmung zu verschaffen, und verschwindet dann im Hinterzimmer, um Nachschub an Färbemitteln anzumischen und die ein oder andere Rechnung zu begleichen.

Anka überlegt einen Augenblick, ob sie ihr folgen soll, und malt sich aus, dass sich ja möglicherweise heute in dem kleinen abgetrennten Raum der richtige Moment einstellt, um ihr mitzuteilen: *Line, ich gehe weg, nach Paris oder vielleicht auch nach Brüssel, ganz egal wohin, Hauptsache woanders, ich will mein Leben ändern.*

In dem Augenblick ruft Flan nach ihr. Er hat sie schon seit einer ganzen Weile beobachtet, wie sie untätig ihren Gedanken nachhängt, aber jetzt solle sie sich doch bitte um Madame Battiste kümmern, die kurz davor ist, unter der Trockenhaube gegrillt zu werden.

»Los, mach schon!«

Die kleine alte Dame sieht blass aus, und von ihrem Schädel geht ein ranziger Geruch aus, der sich sofort in Ankas Nasenlöchern festsetzt und den sie verabscheut. Es ist eine instinktive Ablehnung, das unausweichliche Ende der Toleranz. Sie hat sie so oft zwischen den Fingern gefühlt, die Struktur von müdem Haar, sie hat sie gerochen, die Gerüche nach dem Ende des Lebens, sie hat sie gesehen, diese Abbilder der Vergreisung. *Ich kann nicht mehr, ich kann nicht mehr.*

Und doch hält sie selbst in den Stunden, in denen ihre Zweifel am lautesten sind, ihr professionelles Gewissen aufrecht, den Anspruch, ihre Arbeit gut zu machen, das Bemühen um den zufriedenen Kunden, sei er nun taub, blind oder beides zusammen.

Anka unterdrückt ihre Übelkeit, indem sie die Hand vor den Mund hält und fest zudrückt, und befreit die Achtzigjährige aus ihrer Lockenhaube.

»Alles okay?«, ruft Flan zu ihr herüber.

Sie darf ihn weder ansehen noch ihm etwas erwidern, wenn sie das fragile Gleichgewicht ihrer Verdauung erhalten will. Also konzentriert sich Anka fest auf einen Punkt und fährt in ihrer Arbeit fort. Unter den Händen kann sie fühlen, wie die kleine alte Dame Anka, dem Profi, der Fachfrau, ihr gesamtes zerbrechliches Vertrauen entgegenbringt, und verdoppelt ihre Bemühungen, sich sorgfältig jeder einzelnen Strähne anzunehmen. Aber die Pigmente haben sich irgendwie verfärbt, sodass das Ergebnis ziemlich gelb aussieht. Anka überlegt, ob sie dem Shampoo einen Farbstabilisator beimischen soll, um den Oxidationsprozess aufzuhalten, da fällt ihr ein, dass die Kundin hinter ihren Trifokalgläsern den Schnitzer ohnehin nicht bemerken wird. Also kein Farbstabilisator. Außerdem verhilft sie Line zu einer kleinen Ersparnis, wenn sie das Mittel diesmal weglässt.

So weit ist es also mit ihr gekommen. Dass sie nun die knausrigsten Siege ins Visier nimmt, die erbärmlich und völlig unrechtmäßig errungen werden. *Ich bin echt am Ende.*

Anka löst die Hände von der nur spärlich mit Haaren bestückten Kopfhaut und wirft sich auf das mit mandarinenfarbigem Kunstleder bezogene Sofa an der Wand. Madame Battiste schaut ihr mit leerem Blick dabei zu, wie sie völlig unvermittelt von ihren Haaren ablässt.

»Ist alles in Ordnung mit Ihnen, junge Frau?«

Die Kundin muss zweimal nachfragen, Anka bleibt einfach liegen und scheint für einen Augenblick in die Bewusstlosigkeit abzugleiten, wie so viele um sie herum.

»Anka, alles okay?« Flan steht vor ihr. »Soll ich dir einen Kaffee machen?«

Sie antwortet nicht, richtet sich lediglich ein kleines Stückchen auf dem Sofa auf. Sie starrt Madame Battiste eindringlich an.

»Ihre Haare sind gelb.«

Anka posaunt die Wahrheit heraus, obwohl sie damit die rote Linie überschreitet, denn sie tut genau das, was man beim professionellen Haarefärben tunlichst zu unterlassen hat, einen Irrtum oder Fehler einräumen, dem Kunden gegenüber zugeben, dass es hässlich oder verpfuscht aussieht.

»Wie bitte?«

Die Alte hört sie nicht, natürlich nicht, das ist keine Überraschung, und Anka wiederholt ihre Worte.

»Ihre Haare sind gelb«, sagt sie, diesmal lauter.

Sie schreit fast, obwohl Flan sich bereits zu ihr umgedreht hat und ihr warnende Blicke zuwirft.

»Aber warum denn gelb?«

»Weil es schiefgegangen ist.«

»Tatsächlich?«, wundert sich Madame Battiste.

Flan beeilt sich, ihr sofort zu widersprechen. »Aber nein, überhaupt nicht.«

Er packt Anka am Arm und zieht sie in den hinteren Ladenbereich, während er der Kundin gleichzeitig ein Zeichen macht, sie solle doch bitte wieder Platz nehmen.

»Ich bin gleich wieder da«, flötet er.

Doch obwohl sie von ihrem Kollegen panisch weggezogen wird, hört Anka nicht auf. Völlig ungerührt von der peinlichen Situation versichert sie der Kundin wieder und wieder, wie es ist.

»Aber ja, Sie sehen doch, dass es gelb ist! Es ist sogar noch schlimmer, an manchen Stellen ist es neonfarben. Vor allem auf der linken Seite. Ich mache das noch mal neu. Wenn mein Kollege mich gleich bitte loslassen würde, dann mache ich es wieder gut.«

Sie brüllt aus dem kleinen Flur heraus, der zu den Toiletten führt, und parallel dazu schimpft sie mit Flan: »Lass mich gefälligst los, verdammt.«

Im Salon flüstert eine der Damen einer anderen zu: »Das ist die Tochter von dem Fischer, weißt du, der im März ertrunken ist.«

Sie hebt zur Bestätigung das Kinn, so wie ein paar andere Frauen auch, an welche die Erklärung zwar nicht gerichtet war, die aber trotzdem etwas davon mitbekommen haben, und dann murmeln alle im Chor: »Die Arme.«

Als wäre das alles, was es dazu zu sagen gibt. Währenddessen steht Madame Battiste noch immer mitten im Raum und möchte jetzt von den anderen Damen wissen: »Ist es nun zu gelb oder ist es nicht zu gelb?«

Da erklingt es aus dem Hinterzimmer wie der Ausdruck einer übermächtigen Verzweiflung: »Zu gelb!«

Bernard hält ein Croissant in den Händen, dessen Schicksal bereits besiegelt ist. Seine geröteten, verquollenen Lider vermitteln eine Ahnung seiner Angst, seiner Ratlosigkeit. »Die sind besser als bei mir zu Hause.«

Es widerstrebt ihm, das zuzugeben.

»Ja, in dieser Gegend können die Leute gut mit Butter umgehen.«

Der leichte Anflug von Stolz, als er so über seine Heimatregion spricht, ist Yann kaum anzumerken, denn eigentlich findet er es unangemessen, sich über die kulinarischen Stärken der Bretagne auszulassen, wenn ihm gegenüber am Kirschholztisch ein armer Vater sitzt, den das Koma seines Sohnes zugrunde richtet.

»Marcus ist doch ein robuster Kerl, der wird das schon überstehen.«

Bernard nickt artig. Allmählich lernt er, der Fürsorge der anderen mit Höflichkeit zu begegnen.

»Kennen Sie viele Leute, die ohne Folgeschäden wieder aufgewacht sind?«

Yann hat keine Ahnung, er kann sich an überhaupt niemanden erinnern, der so lange bewusstlos gewesen wäre, aber er spürt, wie wichtig es ist, den Vater zu beruhigen.

»Die Schwester hat neulich gesagt, dass immer noch alles möglich ist. Dass man nur dran glauben muss.«

Dann aber kann er sich nicht zurückhalten hinzuzufügen: »Aber ich bin wie Sie, mit Wundern hab ich's auch nicht so.«

»Glauben Sie, dass er sterben wird?«, nimmt Bernard sofort den Faden auf und verlangt nach einer Antwort, egal welcher, solange sie ihm nur einen Weg aus der Unsicherheit zeigt, jenem düsteren Ort.

»Dass Sie hier sind, hilft ihm bestimmt.«

Yann lächelt schwach, als er zu seinem Besänftigungsversuch ansetzt, das ist alles, wonach der alte Mann verlangt, einfache Worte, damit es ihm besser geht, und dabei spielt es keine Rolle, ob er sie geschickt verpackt oder ob sie nur so triefen vor Falschheit. Es ist so leicht, ihm das zu geben. Also entschließt sich Yann, ihm das wenige, was er weiß, zu berichten. Er hofft, dass es dem Vater guttut, Marcus weiter in der Wirklichkeit zu verankern.

»Ihr Sohn ist in eine Frau verliebt, die er gar nicht kennt.«

Bernard meint, sich verhört zu haben, er versteht es nicht und reagiert zunächst mit kurzem Schweigen, dann folgt eine Abfolge von kleinen, angespannten Lachern.

»In eine ... was? Entschuldigung, aber ich bin mir nicht sicher, ob ich verstehe, was Sie mir damit sagen wollen.«

Yann zuckt nur mit den Schultern. »Ist 'ne verrückte Geschichte.«

Bernard bleibt zwar kerzengerade auf seinem Stuhl sitzen, aber seine Gedanken rasen.

»Wie kann man sich in jemanden verknallen, den man überhaupt nicht kennt?«

Bernard bekommt plötzlich das Gefühl, in einem engen Raum mit runden Mauern zu sein, in dem er umhergeht, aber nicht genug Luft bekommt, er vertrocknet, schrumpft in sich zusammen und verwandelt sich in eine Strohpuppe, eine unbeholfene Vogelscheuche, unfähig, das alte Schreckgespenst von ihm als Rabenvater fortzujagen: *Mein Sohn, der Unbekannte.*

Es ändert wenig, ob er sich nun, neunundzwanzig Jahre später, in diesem Krankenhauszimmer an den äußersten Bettrand setzt, ein Bein in der Luft, das andere auf dem Boden – das Gleichgewicht ist fragil und kann jeden Moment zerbrechen.

Schließlich fragt er Yann, dessen Blick noch immer auf ihm ruht: »Kann man die mal kennenlernen, diese Unbekannte?«

Der zuckt aber nur kurz mit den Schultern: »Keine Ahnung, ich weiß nicht, wer sie ist.«

Bernard rutscht auf dem Bett ein Stückchen weiter nach oben, näher an Marcus heran. Sanft streicht er ihm übers Gesicht, es ist so lange her, seit er zuletzt die Haut dieses Mannes berührt hat, obwohl der doch von ihm abstammt. Er kommt sich unbeholfen vor, mit seinen alten, rauen Fingern über solch reglose Wangen zu streichen. *Das ist mein Sohn*, denkt er, *mein eigener Sohn*. Dann wandert seine Handfläche weiter zu den dichten Haaren des jungen Mannes, die sorgfältig gekämmt sind, alle Strähnen liegen in derselben Richtung.

Yanns Blick huscht über Bernard hinweg, und er sieht einen liebenden Vater, dem man anmerkt, wie sehr er seinen Sohn schätzt.

»Sie müssen sehr stolz sein.«

Bernard fällt es schwer, darauf etwas zu entgegnen. Ihm ist die ganze Scheinheiligkeit der Unterhaltung bewusst, denn er wird es niemals über sich bringen, einem anderen gegenüber, auch nicht diesem jungen Mann, einzuräumen, dass er nie auch nur den kleinen Finger gehoben hat, um seinen Sohn zu ermutigen, und irgendwann ganz aufgehört hat, sich für ihn zu interessieren. Nicht, dass er ihm tatsächlich gleichgültig wäre, aber was bleibt von dem Interesse an anderen Menschen übrig, wenn man sich einmal für den Weg der Teilnahmslosigkeit entschieden hat?

»Sind Sie auch Kranführer?«

Yann stellt ihm die Frage, obwohl er die Antwort kennt, und für einen kurzen Moment kommt er sich vor wie ein richtiges Arschloch.

»Nein«, erwidert Bernie. »Ich bin gar nichts.«

Die Frau aus dem Lebensmittelgeschäft teilt dem Heizungsbauer mit, was sie über den Cafébetreiber hinweg von der Blumenhändlerin erfahren hat, nämlich dass Anka Savidan einer Kundin die Frisur verhunzt hat.

»Ihre Haare waren neongelb«, fügt der Klempner hinzu, der die Geschichte wiederum an den Zahnarzt weiterreicht.

»Am Schluss soll sie nur noch rumgebrüllt haben«, weiß der Austernöffner, der sich mit seiner Bankberaterin darüber unterhält.

»Arme Line«, seufzt diese.

Er nickt und verkündet dann, nicht ohne einen Anflug von Ironie: »Keine gute Tat bleibt ungesühnt.«

Ankas Fahrrad wartet, gut gepflegt und sorgfältig angebunden wie ein wertvolles Rennpferd, in einem Unterstand auf sie. Der Sohn des Bäckers hat die Blechhütte für sie zusammengezimmert; er ist fünf Jahre jünger als sie, blickt wie so viele andere auf eine ungewisse Zukunft und hat einen löchrigen roten Bart, der sein Gesicht bis zum Haaransatz umrahmt. Seit einigen Monaten mietet Anka diesen gesicherten Unterstand von ihm im Austausch für gelegentliches *Waschen, Schneiden und Legen*, wann immer seine zu lang gewordene Haarpracht unvorteilhaft vor seiner Stirn zu baumeln beginnt.

Sie befestigt ihre Tasche mit einem marineblauen Spanngummi auf dem hinteren Gepäckträger und fährt los. Zu ihrer Linken hat sie einen Blick aufs Meer, ein Küstenabschnitt folgt auf den nächsten, während die Reifen ihres Fahrrads über den Asphalt rollen. Der majestätische Ozean spielt mit blauen, grünen oder grauen Reflexen – je nachdem, ob gerade die Sonne scheint oder nicht und welche Farbe dann die Oberhand über die anderen beiden gewinnt.

Sie nimmt die erste Abzweigung auf der rechten Seite und fährt in die Stadt hinein. Jetzt liegt das Meermonster hinter ihr, und sie spürt die Windböen in ihrem Rücken, während der Abstand zwischen ihm und ihr sich Meter um Meter vergrößert. Je länger sie in die Pedale tritt, umso leichter fällt ihr das Atmen.

Wenn sie dem Weg die heruntergekommene Bundesstraße entlang folgt, braucht sie rund zehn Minuten bis zum Krankenhaus, das sich fest und robust auf einer Hügelkuppe erstreckt, als wäre es dort genau so abgelegt worden.

Sie lehnt das Rad an eine Mauer, zwei Schritte vom Haupteingang entfernt, nimmt ihre Tasche und stößt die Tür zum Gebäude auf. Sogleich begegnet ihr ein Schwarm vorübereilender Männer und Frauen in weißen Kitteln, die wie geschäftige Tierchen umhereilen.

Sie betritt den Empfangsbereich und holt eine Zigarette hervor, zündet sie an und macht dabei ein zufriedenes Gesicht. Rauchen ist verboten, aber Tod und Koma müssten es genauso sein, also behält sie ihre Kippe fest zwischen die Lippen geklemmt und zählt im Stillen die Sekunden. Es vergehen exakt drei, da ertönt von irgendwoher ein dröhnendes Gebrüll, sie hört, wie sich hinter ihr schnelle Schritte nähern, und dreht sich absichtlich nicht um. Ein stämmiger Typ reißt ihr den Glimmstängel so abrupt aus der Hand, dass sie nicht mal mehr einen letzten Zug nehmen kann.

»Wo sind wir hier bitte schön?!«

Er schnauzt sie an, ist so aufgebracht, dass er sie, keine zwei Finger von ihrem Gesicht entfernt, beinahe anspringt. Natürlich hat Anka das kommen sehen. Sie schwankt, ob sie ihm Naivität vorspielen oder in Lachen ausbrechen soll. Dann hat sie eine bessere Idee und fuchtelt mit ausgestreckten Fingern vor ihm herum, in einer vollkommen frei erfundenen Zeichensprache und ohne dabei einen Mucks von sich zu geben.

Der Mann vom Sicherheitsdienst starrt auf ihre Hände, die sich vor seinen Augen verrenken wie Schlangenmenschen, dann läuft er rot an, bekommt plötzlich ganz fleckige Wangen, überwältigt von Schuldgefühlen. Innerlich jubelt Anka, *Ich weiß, dass das nicht fair ist, aber was kann ich dafür?*

Der Anblick des dicken Kerls, der vor ihr auf einmal ganz klein geworden ist, bringt sie zum Lachen. Streng genommen ist nicht sie die Gehandicapte, nicht so wie Marcus oder ihr Vater da unten am Meeresgrund, wo er den Zackenbarschen zum Fraß dient. Aber gerade deswegen hat sie verdammt noch mal das Recht dazu.

Die Wut des Mannes verpufft. Da es ihm angesichts der Umstände nicht angemessen erscheint, weiter herumzubrüllen, legt er Anka eine Hand fest auf die Schulter und geleitet sie nach draußen. Dort angekommen, drückt sie ihre Kippe auf dem Boden aus und verschwindet erneut im Gebäude in Richtung der Aufzüge.

Während Anka sich entfernt, fragt der Wachmann sich, wie bekloppt jemand sein muss, ob taub oder nicht, um im Krankenhaus zu rauchen.

Oben winkt Anka kurz der Krankenschwester zu, die ihr per Zeichen erlaubt, ins Zimmer zu gehen.

Sie öffnet die Tür, schließt sie behutsam wieder hinter sich und achtet darauf, keinen Lärm zu machen, dabei muss er doch irgendwann mal aufwachen. Sein Hinterkopf liegt genau mittig auf dem Kissen. Ein Waschhandschuh, den die Schwester dort vergessen hat, zeugt von der kürzlich erfolgten Pflegemaßnahme, rund um sein Gesicht herum sind die Haare noch ein wenig feucht.

»Hallo.«

Wie immer betrachtet sie ihn aufmerksam. In erster Linie das Gesicht; der unter den Laken verborgene Rest lässt die Umrisse eines abgemagerten Körpers erkennen, von den unterhalb der Hüfte parallel liegenden Beinen muss sie sich schnell abwenden.

Keine einzige Falte zerfurcht die durchscheinende Haut auf seiner Stirn, er liegt ausgestreckt da wie Gemüse, seine Wangen sind ganz glatt und glänzen wie Wachs.

»Du hast ja recht, musst nicht antworten, *never change a running system.*«

Sie tritt näher heran, um ihn noch ein wenig genauer zu betrachten, wie einen unschätzbar wertvollen Gegenstand, und streicht ihm mit der Hand durchs Haar, als wäre ihre Hand eine Bürste, und versucht, es wieder zu ordnen. Dann langt sie mit der Hand in ihre Tasche, zieht eine echte Bürste hervor und beginnt, ihn zu frisieren.

Sie fährt behutsam durch seine braunen Locken, leichte Wellen sind es nur, die sein Gesicht umgeben, erst rechts, dann links neben dem Ohr. Dann schiebt sie ihren Unterarm unter seinen Hinterkopf, um seinen reglosen Oberkörper, der durch die Nase mit den Maschinen auf Rollen verbunden ist, ein Stückchen anzuheben. Wieder und wieder fährt sie mit ihrer Bürste darüber, um in diesem Bereich, der immer auf dem Kopfkissen aufliegt, die Durchblutung anzuregen. Ein etwas herber Geruch geht davon aus, Marcus riecht nach Baby und nach Greis zugleich. Sie bürstet und bürstet, bis sie das Ding schließlich fallen lässt und anfängt, ihn mit ihren Fingerspitzen zu massieren. Marcus Kopf ist leicht zur Seite geneigt, das Kinn ist nach vorn gekippt, und sie achtet darauf, dass die Flüssigkeiten in den Schläuchen weiter ungehindert hindurchfließen können. Sie massiert weiter, von oben nach unten, auch den Nacken. Marcus ist schwer, Ankas Arm tut bereits weh, aber sie macht trotzdem weiter, abwechselnd mit dem Daumen und dem Zeigefinger Druck auszuüben. Sie hat das seltsame Gefühl, allmählich einen Zugang zu Marcus zu finden, als würde sie einen Tunnel in ihn graben. Vielleicht kann sie ja mit ihrer Massage irgendwie sein Aufwachen heraufbeschwören.

»Ich will dich heil machen«, flüstert sie ihm ins Ohr.

Sie legt seinen Kopf, den sie eben noch gehalten hat, als wäre er ihr Eigentum, wieder ab und betrachtet den perfekten Rand seiner Lippen, die nur ganz zart blassrosa gefärbt sind und am oberen Rand einen leichten Schwung aufweisen. Plötzlich beugt sie sich zu seinem Hals hinunter, legt ihren Mund unterhalb seines Adamsapfels direkt auf den rauen Stoff seines Hemdes und wandert dann von dort aus, neugierig und verwegen, weiter nach unten.

Es fühlt sich so an, als hätte sie ihren Körper verlassen und würde ganz knapp über dieser Szene in der Luft schweben. Wie ein Mobile, das genau senkrecht über dem Kranführer aufgehängt ist, beobachtet Anka sich selbst bei ihrem Tun, als sie den mit Schläuchen gespickten Körper beschnuppert und abtastet, ohne hinzusehen. Mit geschlossenen Augen folgt sie allein dem Geruch und der Form, wandert mit Mund und Nase über die Oberfläche von Marcus' Körper, dabei wird sie von einem Gefühl angetrieben, das sich langsam wieder in ihr Bewusstsein traut: Zum ersten Mal seit dem Tod ihres Vaters verspürt sie wieder jene Wut, die ganz tief in ihrem Innern wohnt und sie seit Wochen schweigend herausfordert. Ein Zorn, dessen Besänftigung erstmals in greifbare Nähe rückt, während sie das hier tut, ohne sich dessen wirklich bewusst zu sein: diesen wie leblos daliegenden Menschen zu umarmen, zerbrechliche Beute, eine reglose Puppe, den sie wohl am liebsten weiter beweinen würde, hätte sie nicht beschlossen, ihn zu verschlingen.

Und während sie das Laken zur Seite schiebt und sein Hemd anhebt und sich seiner immer mehr bemächtigt, legt sich ihr innerer Aufruhr allmählich. Also macht sie weiter, verflucht sich selbst dafür, aber sie kann nicht anders. Mittlerweile ist da nichts mehr, was Marcus' Körper bedeckt, seine schmächtige und zugleich muskulöse Gestalt; er ist vollkommen entblößt. Unter Ankas Blicken wirkt er gar nicht so verletzlich, wie sie gedacht hat, sie sieht stattdessen seine ungeheure Kraft, und sie denkt, dass nur diese in der Lage ist, ihre Wut in sich aufzunehmen.

Also lässt sie ihre Zunge wie eine Kröte an der Oberfläche seiner Haut alles aufnehmen, was sie kann, jede Falte und jede kleine Erhebung, Narben, Flecken. Sie würde ihn am liebsten vollständig damit umhüllen, so wie man Lotion aufträgt, um die strapazierte Haut zu nähren und den ganzen Rest gleich mit, sie will ihm ein Gegengift injizieren, eine Medizin, ein Elixier, egal was, wenn er nur davon aufwachen würde.

»Ich mache dich wieder heil.«

Sie hört, wie sie diesen Satz wieder und wieder sagt, und ganz allmählich üben ihre eigenen Worte eine beruhigende Wirkung auf sie aus. Irgendwann lässt sie von Marcus ab, gibt ihn wieder frei und überlässt ihn sanft der Stille des Raumes, dem fleckigen Weiß der Wände und den Krankenhausgerüchen.

Sie steht auf, zieht sorgfältig die Laken zurecht und bedeckt den Mann bis zu den Schultern. Wie ein Zimmermädchen macht sie säuberlich das Bett, anschließend geht sie in das kleine Bad und betrachtet ihr Gesicht, das in dem ovalen Spiegel über dem Waschbecken erscheint. Sie blickt sich selbst eine ganze Weile fest in die Augen und versucht zu ergründen, was sie ihr mitzuteilen haben, eine Bestärkung oder eine Erklärung, irgendwas, um zu rechtfertigen, was sie soeben getan hat, aber nichts kommt, bis auf ein ganz kleines Lächeln im Mundwinkel, von dem sie nicht weiß, ob es Zeichen einer schändlichen Erkenntnis oder einer nie dagewesenen Seligkeit ist.

Er kippt die Suppe über Bord, schüttet den gesamten Inhalt der Thermoskanne mit einer einzigen Armbewegung ins Meer und vergewissert sich dann, dass ihn niemand dabei gesehen hat. Das macht er jedes Mal so und steht dabei immer an derselben Stelle auf Deck, von wo er in einem Schwall eine Flüssigkeit in die andere schüttet, nämlich Édiths Gemüsesuppe in die Biskaya.

Aber diesmal hat Anka ihn dabei beobachtet.

Während ihr Vater das tut, kann sie ihren Blick nicht von ihm losreißen, sie verfolgt jede seiner Bewegungen und fragt sich fasziniert und perplex zugleich: *Aber warum um alles in der Welt kippst du Mamas Suppe weg? Warum schmeißt du die Liebe deiner Frau ins Meer?*

Als es vorbei ist, wendet sie den Blick sofort ab und dreht sich herum, in einer kreisförmigen Bewegung, die reuevolle Geste ist und ihre Schlussfolgerungen zugleich in sich trägt, während am anderen Ende des Bootes Vladimir die leere Thermoskanne zurückbringt und seelenruhig in seiner Tasche verstaut.

In den nächsten sechs Stunden sitzt Anka, die die Köder vorbereiten soll, die sie dafür zuerst zurechtschneidet und dann an den Fangkörben befestigt, auf einem kleinen

Holzvorsprung und verschwindet fast in ihrer riesigen wasserfesten Latzhose, Gummihandschuhe an den Händen, die leider nur vor der Kälte und der ätzenden Wirkung des Salzes schützen und weniger vor den Brechreiz auslösenden Gerüchen, die von den Ködern ausgehen. Zum Glück hat sie sich einigermaßen daran gewöhnt.

Eine Hand umklammert ein einfaches Klappmesser, mit dem sie eine Reihe von kurzen, präzisen Schnitten ausführt, um die Köder zu zerteilen. Es sind Makrelen, Seehechte, auch ein Katzenhai ist dabei, die sie am Ende des Hakens anbringt und so von einem Korb zum nächsten verfährt.

Ihr Vater am Ruder spuckt Befehle in Richtung seines alten Kameraden aus, der sie wiederum an den Neuen am Heck weitergibt. Auf der linken Seite des Bootes ist der Matrose damit beschäftigt, volle Kästen in Empfang zu nehmen, deren Inhalt er sodann sorgfältig sortiert, die Hummer jeweils in eine Kiste, der Rest wird entweder zurück ins Meer gekippt oder in anderen Kisten verstaut. Den Hummern zieht der Schiffsjunge große blaue Gummibänder über ihre Scheren und gibt sie, wenn sie sich nicht mehr gegenseitig zerstückeln können, in ein Sammelbecken.

Am Ende des Tages haben sie siebzig Hummer gezählt, was einem mittleren Ertrag entspricht. Wie gewohnt, trägt Vladimir alles in sein Bordbuch ein, und zum ersten Mal hört Anka ihm nur widerwillig dabei zu, wie er sich über die Ausbeute des Tages auslässt.

Am Abend händigt er wie ein artiger Schüler Tochter und Thermoskanne wieder aus, und Édith ist zufrieden.

»Na, wie hat's geschmeckt?«

»Fantastisch«, gibt er automatisch zurück.

Während Édith ihn über seinen Tag auf dem Meer ausfragt, ist Vladimir bemüht, keine Schuldgefühle zu zeigen.

Als Anka diese kurze Unterhaltung mit anhört, ist sie mehrmals kurz davor, ihn zur Ehrlichkeit zu zwingen, *ach wirklich, hat es wunderbar geschmeckt?*

Dann aber stürzt die Vorstellung, dass sie damit die Schwachstellen eines zwar abgenutzten, aber bewährten Räderwerks der Liebe entblößen würde, sie in tiefe Unsicherheit. Das, was von außen wie ein ungeheurer Widerspruch aussieht, ist von innen möglicherweise die Grundlage für eine funktionierende Beziehung, die sie nicht ins Wanken bringen möchte, also nimmt sie von ihrem Vorhaben schnell wieder Abstand.

So kommt es, dass Vladimir niemals erfährt, dass seine Tochter ihn dabei beobachtet hat, wie er die mit Liebe gekochte Suppe seiner Ehefrau ins Meer gekippt hat, und Anka wird bis zum Tod ihres Vaters denken, dass er mit ihr eigentlich das Gleiche gemacht hat wie mit seiner Frau, die er derart hinters Licht führte – sie betrogen. Denn das Meer war seine Geliebte, und alles, was er jemals wollte, war, Zeit mit ihr allein zu haben.

Da Anka seit ein paar Tagen nicht mehr zur Arbeit erschienen ist, steht Flan heute um zehn Uhr, gleich im Anschluss an die Dauerwelle von Madame Ivens, vor ihrer Tür. Er könnte einen Kaffee vertragen.

»Ich hab mir Sorgen gemacht.«

Sie steht in einem langen T-Shirt, das ihr als Nachthemd dient, vor ihm, dazu trägt sie dicke senffarbene Wollsocken, die sich um ihre Knöchel schoppen, und ein paar klappernde Clogs.

»Musstest du nicht.«

Sie hat ihm bereits den Rücken zugewandt und die Tür offen gelassen, seine Entscheidung, ob er hereinkommen möchte oder nicht.

Flan folgt ihr in die Küche, wo sie ein chaotisches Frühstück vorbereitet, das den ganzen Tisch in Anspruch zu nehmen scheint.

»Hast du Hunger?«

Flanagan lehnt ab, ein wenig abgestoßen von dem herrschenden Durcheinander. »Ach, eigentlich nicht ...«

Sie zuckt mit den Schultern, zieht sich einen Hocker heran und lümmelt sich mit einer Tasse Kaffee in der Hand darauf.

»Ja, mir geht's gut, danke, und wie geht's dir?«

Sein singender Akzent gefällt ihr immer noch genauso gut, auch wenn er sich gerade ziemlich verstimmt anhört.

»Ganz gut.«

»Wir haben dich seit drei Tagen nicht mehr gesehen. Line macht sich Sorgen und ich auch.«

»Müsst ihr nicht.«

»Das sagtest du bereits.«

»Weil es stimmt. Hat es schon beim ersten Mal.«

Manchmal hat sie auf alles eine Antwort, das ist eine Eigenschaft von Anka, die ihn an ihr stört. Flan ist ein Mann, der sich gerne als *empfindsam* bezeichnet und darauf auch ein bisschen stolz ist, daher bedauert er, dass sie nicht ebenfalls ein bisschen mehr Wärme besitzt. Und weil er befunden hat, dass das Wort *überheblich* für ihn zu schwer auszusprechen ist, wirft er ihr oft vor, sie wäre zu *eingebildet*. Das trifft es zwar nicht ganz, aber das ist ihm egal.

»Was treibst du so, wenn man fragen darf?«

»Ich brauchte mal ein bisschen Abstand.«

Flan fängt sofort an zu lachen. Wenn er sich Anka so anschaut, kommt ihm dieser kleine floskelhafte Ausspruch äußerst erheiternd vor. Aber die Sekunden vergehen, und Anka reagiert nicht, weder stimmt sie in sein Lachen mit ein, noch scheint sie überhaupt zu verstehen, was er so lustig findet.

So kommt Flan zu dem Schluss, dass er es wohl mit etwas Tiefergehendem zu tun hat, das vielleicht nicht direkt mit Vladimirs Tod in Verbindung steht, darunter schlummert ein Teil von Anka, den er nicht kennt.

»Ich bin ganz Ohr, kleine Blume.«

Er hat diese sanften, ein wenig onkelhaften Worte aufs

Geratewohl gewählt, wie er es hin und wieder tut, wenn er eine vertraute Atmosphäre zwischen ihnen beiden herstellen will.

Es vergeht eine ganze Weile, bevor sie sagt: »Ich bin in jemanden verliebt, den ich gar nicht kenne.«

Nun ist es raus, aber sie hat in ihre Kaffeetasse gesprochen, sodass Flan Mühe hat, sie zu verstehen, und das ist auch genau der gewünschte Effekt. Anka ist sich nicht ganz sicher, ob sie die Worte wirklich loslassen oder lieber ganz nah bei sich behalten möchte, als wären sie ein Teil von ihr.

Schließlich redet sie fast eine Stunde lang ohne Pause und versucht, ihm mit sorgfältig ausgewählten Worten jene seltsame Kette von Augenblicken zu beschreiben, mit deren Eintreten sie niemals gerechnet hätte. Ihr ist sehr wohl bewusst, dass die Wirklichkeit, die sie beschreibt, stellenweise wie ausgedacht wirkt, einen bewusstlosen Menschen zu umklammern erscheint so tragisch und kafkaesk zugleich, dass sie absichtlich möglichst nüchterne Worte verwendet.

Sie erzählt von ihren nicht gerade einvernehmlichen Küssen auf einen reglosen Körper, dessen halb geöffnete Handflächen zur Decke zeigen, der geraubten Freiheit des wie aufgebahrt daliegenden Mannes und was sie dazu bewogen hat, sich so zu verhalten, seine raue, durchscheinende Haut und die ganze Zerbrechlichkeit seines Zustands.

»Ich habe ihn benutzt, ich hab seine Situation ausgenutzt.«

Sie atmet hörbar ein und aus, während sie das sagt, und fügt hinzu: »Er war so schön, ich weiß, ich hätte das nicht tun dürfen, aber er war so schön.«

Als sie fertig ist, bleibt der Ire stumm und mit leerem Blick auf seinem Stuhl sitzen.

»Jetzt brauche ich einen Wodka.«

Einen Augenblick lang hatte sie gehofft, sich Flan anzuvertrauen würde sie von jener seit Tagen auf ihren Schultern lastenden Schwere befreien, von den Schuldgefühlen und der Scham und diesem für sie vollkommen ungewohnten Entsetzen vor sich selbst. Aber in Wirklichkeit ist es jetzt noch viel schlimmer, denn nun meint sie im Blick ihres irischen Freundes Abneigung, vielleicht sogar Verachtung zu erkennen.

Sie schenkt ihm einen Schnaps ein und nimmt dann wieder ihm gegenüber Platz.

»Du kannst gehen, wenn du willst.«

»Ich zögere noch«, erwidert er, halb im Scherz. »Ich weiß nicht, was schlimmer ist, mich wieder Madame Ivens Haaren zuzuwenden oder hierzubleiben und mir deinen *Bullshit* anzuhören. Ich meine, du hast ihn auf den Oberkörper und den Bauch geküsst, du hast niemanden vergewaltigt. Wer weiß, vielleicht weckt ihn das ja sogar auf ...«

Flan hat den Satz noch gar nicht zu Ende gesprochen, da lacht er schon los. Anka schüttelt nur betreten den Kopf, aber er ruft mit übertrieben lauter Stimme: »Ein kleiner Kuss und, hopp, zurück ins Leben!«

Da steht sie auf, hält sich mit beiden Händen die Ohren zu, und während sie aufspringt, brüllt sie: »Halt den Mund!«

Dann noch einmal: »Sei still.«

Sie wiederholt es noch ein paarmal, aber als er immer noch nicht aufhört zu lachen, schnappt sie sich ihre Schlüssel.

»Du nervst! Ich hau ab!«

Sie verlässt die Wohnung und gibt sich die größte Mühe, die Tür laut hinter sich zuzuschlagen.

Flan bleibt allein zurück und kichert weiter vor sich hin. Dann leert er sein Glas Wodka in einem Zug.

Am Abend vor ihrem achtzehnten Geburtstag haben sich ein paar Freunde und ein Teil der Familie mütterlicherseits um eine Lammkeule versammelt, die ihre Mutter zubereitet hat. Anka mag kein Fleisch, aber noch weniger mag sie es, wenn Édith ihre Kochkünste nicht gewürdigt sieht, also sagt sie Ja zu allem, dem Lamm, dem Zwiebelconfit und den geschmorten Karotten.

Alle sind ganz ausgelassen wegen ihrer bevorstehenden Volljährigkeit und leiern unentwegt die Gemeinplätze runter vom *Eintritt in das Erwachsenenleben*, neuer Verantwortung, die einige sogleich mit Hochzeit oder Kinderkriegen in einen Topf werfen. Anka bekommt schlecht Luft, immer wieder reißt sie das Fenster auf, um einen Blick aufs Meer werfen zu können. Ihre Gedanken und ihre Fantasie verhelfen ihr zur Flucht, in die sie dankbar hineinschlüpft wie in einen dicken Pullover, und sie kommt sich vor wie eine Spinne, die auf den Felsen zwischen der Langeweile hier und den Träumereien dort unten herumkrabbelt, wo die trüben Wellen eins werden mit der Strömung, im Dunst verschwinden und weiterziehen.

Jemand schiebt einen Kuchen mit Kerzen obendrauf vor sie hin, die sie lustlos ausbläst.

Ihre Mutter umarmt sie und drückt sie ganz fest an sich, ihr Vater legt ihr eine warme Hand auf die Schulter, und Line ruft: »Jetzt kannst du endlich deinen Führerschein machen!«

»Den Bootsführerschein.«

Angesichts der vielen Anwesenden hat Anka das nur sehr leise ausgesprochen.

Édith tut so, als habe sie nichts verstanden, Vladimir tut so, als habe er nichts gehört, beide haben mittlerweile so ihre Methoden entwickelt in der Hoffnung, dass die seefahrerischen Ambitionen ihrer Tochter sich mit der Zeit irgendwann in Luft auflösen.

Drei Tage später holt sich Anka auf eigene Faust und ohne irgendjemandem davon zu erzählen das kostbare Papier.

Ihre Eltern werden nie davon erfahren. Mit Flan ist sie zu der Zeit noch nicht befreundet. Da ist niemand, mit dem sie ihre Freude teilt.

Nur das Meer, so kommt es ihr vor, scheint stolz auf sie zu sein.

Im Hinterzimmer legt Line ihre goldfarbene Handtasche auf den Tisch und deutet auf den Stuhl aus hellem Holz.

»Setz dich hin und hör mir zu.«

Anka nimmt besonnen auf dem ihr zugewiesenen Stuhl Platz.

»Flan hat mir gesagt, dass du dich nicht wohlfühlst, und ich brauche dir bestimmt nicht zu sagen, dass ich denselben Eindruck habe ...«

Schon ist es um ihre Ruhe geschehen: »Was hat er dir gesagt?«

»Dass es dir nicht so gut geht.«

Anka ahnt bereits, dass Line mehr erfahren oder ihr ihre Hilfe anbieten oder versuchen möchte, sie zu verstehen, und dass sie sie gleich auffordern wird, ihr Herz auszuschütten, aber dafür – wie für alles andere auch – fehlt Anka die Geduld, also verkündet sie ohne Umschweife: »Ich will nicht mehr als Friseurin arbeiten.«

Line scheint einen Augenblick den Atem anzuhalten und sieht sie an, als wollte sie sagen *Wie bitte?*

Anka ahnt, dass sie ihre Worte noch ein paarmal wird wiederholen müssen, und sie weiß auch schon, worauf diese Unterhaltung abzielt. Line ist die Inhaberin des Salons, das Haareschneiden ist ihr Leben, wie soll sie ihr also begreiflich machen, dass ihr die Welt der Schönheit und der Frisuren einfach egal geworden ist.

»Ich verstehe ja, dass du traurig und wütend bist, aber was du da gerade gesagt hast, entschuldige, aber das ist doch völliger Quatsch.«

Anka muss lachen. Das gefällt Line gar nicht.

»Das ist nicht lustig.«

»Doch, ein bisschen schon.«

»Anka!«

»Ja, Line?«

»Jetzt sei bitte mal eine Minute lang ernst.«

»Okay.« Anka schweigt einen Moment. »Ich werde die *Baïkonour* übernehmen.«

Es ist ihr einfach so herausgerutscht, ohne nachzudenken, wie ein Geschoss aus heiterem Himmel. Aufs Meer zurückkehren – wie kann sie denn nur so etwas Abwegiges denken?

Anka muss sich sammeln, was sie da gerade zu ihrer Patentante gesagt hat, stürzt sie selbst viel mehr in Verwirrung als Line, welche die Bedeutung der Worte anscheinend noch gar nicht erfasst hat. Ankas Finger zittern, ihr ganzer Körper bebt, innerhalb weniger Sekunden hat sie die Kontrolle verloren, von ihren Emotionen überrollt, ist sie an den Ausgangspunkt zurückgekehrt.

Es auszusprechen ist der allererste Schritt und setzt einen Prozess in Gang, auf den sie keinen Einfluss mehr hat, und sie wäre niemals dorthin gelangt, ohne jene unvorhersehbaren, absolut irren Worte, *die Baïkonour übernehmen*. Die Sprache ist ihr einfach zuvorgekommen, hat ihr die Hand gereicht und zieht sie nun mit der unerschütterlichen Kraft eines Kettenfahrzeugs hinter sich her, und Anka kommt nicht dagegen an. Gleichzeitig fühlt sie sich aber auch in gewisser Weise beschützt von diesen angestauten Worten, die sich nun so plötzlich und unerwartet ihren Weg gebahnt haben. Natürlich sind sie unvernünftig, aber sie geben ihr ein Gefühl, das sich wiederum genau am rechten Platz befindet, gewissermaßen vertraut ist.

Line räuspert sich geräuschvoll. »Das meinst du nicht ernst?«

Plötzlich fängt sie an, mit den Händen herumzufuchteln, ihre Stimme überschlägt sich, wird grell und schrillt unangenehm in den Ohren. »Du wirst nicht das Boot übernehmen! Willst du deine Mutter umbringen?«

Line hat recht, und Anka weiß es.

»Die ist doch schon tot.« Etwas anderes fällt ihr dazu nicht ein.

Den ganzen Abend über liegt Line Flanagan in den Ohren, er sei doch ihr bester Freund, sie habe doch keine anderen Freunde außer ihm, und sie, Line, würde sich jetzt auf den Iren verlassen, dass er ihr Patenkind wieder auf den richtigen Weg bringt.

»Das Boot übernehmen, das ist doch Schwachsinn«, wiederholt sie unaufhörlich, während sie an ihrem pinkfarbenen Dubonnet nippt.

Flan starrt das Getränk an, so etwas hat er noch nie gesehen, eine Spirituose von solch sattem Rot, und schließlich fragt er, ob er mal probieren darf, und nimmt einen kleinen Schluck.

»Ekelhaft«, beschließt er. »Also hiermit verlierst du eindeutig an Glaubwürdigkeit, meine arme Line.«

Line ist das egal, sie hört nicht auf, Flan mit Anweisungen zu überschütten, was er zu Anka sagen soll und was nicht, und erzählt ihm wieder und wieder dieselbe Geschichte, Édiths und Vladimirs Geschichte.

»Kannst du dir das vorstellen?«, fragt sie nach jedem einzelnen Satz.

Flan sieht ihr lange dabei zu, wie sie auf ihrem hölzernen Barhocker hin und her rutscht.

Sie macht die ganze Zeit über irgendwas mit ihren Händen, wedelt damit in der Luft herum, um mit dem offenbar unerträglichen Stress, den die Situation ihr verursacht, fertigzuwerden.

»Damit bringt sie ihre Mutter ins Grab, das steht fest.«

Da hat Flan genug davon, seiner Chefin dabei zuzuhören, wie sie ihre Kleinstadtkatastrophen heraufbeschwört, wie er das nennt, unerträgliche Theken-Orakeleien, die nur dazu dienen, dass ein jeder sich brav in sein Schicksal fügt.

»Kannst du jetzt bitte mal aufhören? Anka ist doch kein Stück Holz. Sie ist dreiundzwanzig Jahre alt, sie ist eine Frau, die das Leben noch vor sich hat. Warum kommt es mir so vor, als ob alle Leute nichts anderes im Sinn haben, als sie ruhigzustellen? Hm? Lasst sie doch einfach alle in Frieden! Ihr alle, du, ihre Mutter, die ganze Stadt. Sie möchte das Schiff übernehmen und Fischerin werden, also soll sie das verdammt noch mal auch tun, es ist schließlich ihr Leben! Hättest du das lustig gefunden, wenn man dir vor dreißig Jahren verboten hätte, Friseurin zu sein?«

Line kann den Blick gar nicht wieder von ihm lösen, sie hat gar nicht gewusst, dass Flan sich so gut ausdrücken kann, für einen Iren findet sie das ziemlich beeindruckend.

»Friseurin zählt nicht gerade zu den gefährlichsten Berufen …«

»Und nur weil es gefährlicher ist als Bäckerin oder Coloristin, deshalb darf sie es nicht machen? Warum muss es eigentlich immer so sein, dass Leute aus der Provinz auch so provinziell denken?«

Am Tag darauf hat Line bereits die gesamte Stadt alarmiert, so wie man vor der Pest warnt, und so schneidet Bäcker Yves am nächsten Morgen schweigend das Roggenbrot, steckt es in eine Tüte und brummt dann, während er Anka das Wechselgeld für den Fünf-Euro-Schein rausgibt, den sie auf den Tresen gelegt hat:

»Das ist doch der reinste Selbstmord.«

Anka tut so, als hätte sie nichts gehört. Stumm nimmt sie ihre beiden Münzen und geht zum Ausgang.

Als sie ihm den Rücken zuwendet, fügt er hinzu, einen Tick lauter diesmal: »Du hast weder die Ausbildung noch das Können.«

Ein Satz nur, den er flink auf sie loslässt und der sie direkt zwischen die Schulterblätter trifft. Sie dreht sich um, Yves steht nach wie vor hinter seinem Tresen, hinter seinem beschissenen, ungefragten Kommentar und hinter seinem Argwohn, also macht sie sich ganz gerade, und im nächsten Moment schleudert sie ihm entgegen: »Genau, ganz im Gegensatz zu dir, schließlich bist du Bäckermeister, und dein Brot schmeckt trotzdem zum Kotzen.«

Dann schmeißt sie ihm das kleine Paket zu zwei Euro fünfzig wieder hin und verlässt den Laden.

Der Bäcker ruft ihr hinterher und wird dabei mit jedem Wort lauter, so wie auch sein Zorn immer größer wird.

»Zum Kotzen? Ach ja? Und warum kommst du dann hierher? Hä? Warum kommst du her?!«

Anka erwidert nichts. Sie hat die Bäckerei schon längst verlassen und ist bereits ein ganzes Stück die Straße hinuntergelaufen. Sie stellt sich vor, sie wäre woanders, vor allem in einer anderen Stadt. Sie will nur eines, weglaufen und sich in Marcus' Arme flüchten, der sich nicht bewegt, nicht spricht, aber auch nicht urteilt.

Dann malt sie sich den Skandal aus, sieht bereits vor sich, wie sich die Ladenbesitzer miteinander verbünden, sich mächtig ins Zeug legen, um jedem, der es hören will, mitzuteilen, sie würde gar nichts begreifen und wie sie Ankas Worte als Verrat auffassen würden. *Dabei ist sie doch eine von uns. Wir haben sie doch unterstützt, als ihr Vater gestorben ist, wir waren alle für sie da, und so dankt sie es uns?* Flan ist der Einzige, der findet, dass sie sich wie Kleinbürger benehmen, sogar Line kann sich nicht recht entscheiden, auf welcher Seite sie nun stehen soll.

In den folgenden Tagen bleibt Anka zu Hause und geht nur nach draußen, um sich etwas zu essen zu kaufen. Erst nach einer Woche beschließt sie, ihre Mutter zu besuchen. Schon auf dem äußeren Treppenabsatz kann sie Brokkoli-Möhre riechen. Sie verzieht den Mund, es ist neun Uhr am Morgen, *Wie erträgt sie das nur?*

Drinnen ist Édith damit beschäftigt, Gemüsekisten auszupacken. Die Ankunft ihrer Tochter ändert daran nichts, sie macht einfach genauso weiter, als wäre sie allein, hebt nicht einmal den Kopf, ihre ganze Körperhaltung verrät, dass sie dagegen ist.

Anka tritt näher und gibt ihr einen Begrüßungskuss. »Ich freue mich, dich zu sehen.«

Édith lächelt nicht, sie rührt sich nicht, sie macht gar nichts, hebt nur den Kopf und blickt ihrer Tochter nüchtern, beinahe kühl an.

»Das gehört sich nicht, den Bäcker zu beleidigen.«

Da hat sie's. Anka wirft die Arme in die Luft in einer unentschlossenen, hilflosen Geste und stöhnt laut.

»Fängst du jetzt auch noch an?«

»Ich bin deine Mutter, also wenn es jemanden gibt, der sich hier einmischen sollte, dann ...«

»Was kümmert uns Yves, der ist doch ein großer Junge, der kommt schon darüber hinweg.«

»Yves geht uns sehr wohl etwas an. Du bist auf dem besten Weg, die ganze Stadt gegen dich aufzubringen.«

»Na so ein Mist aber auch!«, kontert Anka.

Da springt Édith auf. »Hier haben dein Vater und ich dich großgezogen, in dieser Stadt, hier bist du zur Schule gegangen, bist mit dem Boot herumgefahren, hast deine Friseurausbildung gemacht, und diese ganzen Leute, die du damit genauso wie Yves beleidigt hast, das sind die gleichen wie die, die dir vor wenigen Monaten geholfen haben, als dein Vater verschwunden ist.«

Jetzt droht sie ihr mit einem Strauß Brokkoli. »Also hör zur Abwechslung mal auf deine Mutter!«

Anka setzt sich halb auf den Küchentisch, ein Bein vor sich auf dem Boden, um nicht den Halt zu verlieren.

»Ich habe beschlossen, das Boot zu behalten.«

Édith erstarrt einen Moment in ihren Bewegungen. Sie weiß natürlich schon Bescheid, damit hat Anka gerechnet und absichtlich ein paar Tage gewartet, damit die Neuigkeit von allein ihre Runde machen kann. Sie kommt sich feige vor, klein wie ein Korn unterm Mühlstein.

»Davon habe ich gehört, ja …«

»Ich erwarte nicht, dass du das gutheißt«, unternimmt Anka einen Versuch.

Ihre Mutter zuckt mit den Schultern, jetzt ist sie diejenige, die lacht. Sie legt den Brokkoli auf den Tisch und teilt ihn mit dem großen Küchenmesser in zwei Teile.

»Dann gehst du also auch fort? Fällt euch beiden eigentlich nichts Besseres ein, als mich zurückzulassen? Macht euch das solchen Spaß?«

»Maman, ich lasse dich nicht zurück, ich tue nur, was ich liebe, das kannst du nicht in einen Topf werfen.«

Sie hält einen Augenblick inne und schaut zu ihrer Mutter, ihr Blick unruhig, die Augen weit aufgerissen.

»Was habe ich diesem ollen Kahn nur getan? Hm? Was habe ich getan, um das zu verdienen?«

Anka seufzt, die Unterhaltung ist festgefahren, sie ist umsonst gekommen.

»Dann geh, geh zu deinem Vater. Dann koche ich eben auch für dich Suppe. Wo es für einen reicht, reicht es auch für zwei.«

»Hör endlich damit auf!«, bricht es plötzlich aus Anka heraus. »Hör endlich mit deiner verdammten Suppe auf! Er ist ertrunken, Maman. Er ist hinabgesunken und liegt jetzt hundertfünfzig Meter tief unter deinen Füßen!«

Édith zupft an den kleinen Brokkoliblättchen herum, den Blick starr auf das grüne Gemüse gerichtet.

»Ich muss dann bloß eine größere Thermoskanne kaufen, das ist alles …«

Anka steht auf und geht ans Fenster, sieht dort den Wellen zu, die das Ufer mild umschmeicheln. Es ist selten, dass sie solch eine engelsgleiche Sanftheit an den Tag legen. Dann dreht sie sich zu ihrer Mutter um und versucht, deren Blick aufzufangen.

»Ich muss dir was sagen.«

»Tu's nicht.«

»Papa hat deine Suppen verabscheut. Er hat sie nicht gegessen, er hat sie über Bord gekippt. Eine nach der anderen. Er hat sie nie ausgetrunken.«

Édith dreht sich um, bedenkt ihre Tochter mit einem seltsamen Blick, als würde er durch sie hindurchgehen wie durch eine Fensterscheibe. Dann zieht sie sich einen Stuhl heran, setzt sich darauf und beugt sich über den zerteilten Brokkoli.

»Es tut mir leid, Maman ...«

»Wieso?«

»Ich weiß es nicht, er hat das einfach nicht gemocht.«

»Nein.«

Édith will nicht, dass sie weiterredet. Sie geht zu ihrer Tochter hinüber und stellt sich ganz dicht neben sie, und so stehen sie ein Weilchen beide an dasselbe Fenster gepresst, und die wunderschöne Aussicht liegt vor ihren verletzten Blicken ausgebreitet, die durch die Fensterscheibe wie zwei parallele Linien zum Meer hinunterlaufen und darin eintauchen.

»Warum sagst du mir das?«

»Ich weiß es nicht, das muss einfach aufhören ... Niemand steht von den Toten wieder auf.«

»Ach nein? Bist du dir da so sicher?«

Ihre Mutter sagt das mit einem seltsamen Nachdruck in der Stimme, der Ton hat sich verändert, sie durchquert die Küche, greift erneut nach dem Messer und hackt auf den Brokkoli ein.

»Und was ist mit dem kleinen Kranführer, den du aufzuwecken versuchst, indem du ihn Tag für Tag im Krankenhaus besuchst, meinst du nicht, dass es ein bisschen das Gleiche ist?«

Anka ist total überrumpelt, wie versteinert. »Woher weißt du das?«

Édith lässt ein kurzes Auflachen vernehmen, dann zuckt sie mit den Schultern. »Spielt keine Rolle.«

»Woher weißt du das?«, schreit ihre Tochter nun.

»Zélie. Sie arbeitet im Krankenhaus am Empfang. Sie hat dich gesehen und sich erkundigt.«

Anka setzt sich nun auch hin, nein, eigentlich setzt sie sich nicht, sondern sie sackt in sich zusammen, zuerst der obere Rücken, dann folgt der ganze Rest, wie ein abwärts fließender Bach.

»Ich hasse diese Stadt.«

»Hör auf zu jammern«, verlangt ihre Mutter. »Ich war es doch, die dir vorgeschlagen hat, zu ihm zu gehen!«

»Na und?«

»Na, und du bist hingegangen. Genau wie ich mit meiner Suppe. Niemand spuckt auf die Hoffnung.«

Als sie am Schwesternzimmer vorbeigeht, fürchtet Anka sich vor dem strengen Blick der Krankenschwester, vielleicht hat sie ja vor zwei Tagen jemand dabei beobachtet, wie sie sich über den Körper des Kranführers gebeugt hat. Aber die junge Frau in Weiß begrüßt sie nicht anders als sonst, ein kurzes angedeutetes Lächeln, das verrät, dass sie vollstes Vertrauen in diese Besucherin hat, die Tochter des verschollenen Fischers, die Friseurin aus Lines Salon, die das Boot ihres Vaters übernehmen will, die wütende Frau, die das Brot des Bäckers schlechtgemacht hat, die Frau, die zufällig genau darunter stand, als der Mann vom Himmel gefallen ist.

»Gehen Sie ruhig rein, ist keiner bei ihm.«

Anka tritt ein, macht die Tür hinter sich zu, hält ihren Blick auf den Boden gerichtet, wagt es nicht, ihn auch nur anzusehen.

»Hallo.«

Vor ihr liegt Marcus stumm ausgestreckt und scheint die Zimmerdecke zu studieren, was bleibt ihm auch anderes übrig. Anka macht ein paar Schritte und bleibt schließlich am Fenster stehen. Zum ersten Mal seit langer Zeit kann sie ohne Widerwillen aufs Meer blicken, und sucht dort ein kleines Schlupfloch. Außerdem lenkt sie, in diesem speziellen Moment, ihren Blick überall lieber hin als in seine Richtung.

»Weißt du was, ich beschreibe dir jetzt mal die Aussicht. Mal was anderes als die Zimmerdecke.«

Sie blickt also auf den Atlantik und redet betont laut und deutlich mit Marcus, damit es auch bei ihm ankommt, ihre Lippen berühren fast die Fensterscheibe, während sie sich bewegen, aber ob er sie hört?

»Es ist schön hier. Wenn du wieder aufwachst, wirst du aus dem Fenster blicken und sehen, *wie* schön es ist. Man könnte meinen, das hier wäre die Schweiz. Das da«, sie deutet mit der Spitze ihres Zeigefingers auf einen Punkt, »ist der Berg Belucha, 4.500 Meter hoch. Wenn man ihn von Weitem betrachtet, könnte er auch im Wallis liegen, er ist dicht mit grünem Fell bewachsen, und die dunkleren Stellen hier und da, das sind Fichtengruppen, und noch viel weiter oben auf dem Gipfel liegt eine hübsche, weiße Krone aus Eis.«

Anka fährt fort und beschreibt ihm die Wolken, die in den harten Felsen hängen, den Wind, dem man stellenweise dabei zusehen kann, wie er die Nadelbäume zaust, und ganz dort oben stellt sie sich Murmeltiere und Füchse vor, die ihren Bau in der Erde verlassen und losrennen, um den Frühlingsanfang zu erleben, die Sonne wie ein polierter Edelstein, die die Knospen unter Beschuss nimmt, Millionen von Ameisen und ebenso viele Ohrenkneifer, die darauf warten, dass die Erde sich neu erschafft. Sie erzählt Marcus, dass man dort ganz selten weiße Luchse sehen kann. Mit aufgestellten Ohren durchstreifen sie die alten Massive, die wie Blöcke aus der Erde ragen, und die weiten

Flächen, die von der Erschließung durch den Menschen verschont geblieben sind, weil ihr Boden so unwirtlich ist, dass man ihn lieber sich selbst überlässt.

»Wenn es regnet, kann man in den ausgehöhlten Abhängen sehen, wie die Vegetation verschwindet, entwurzelte Bäume, die den Abhang hinuntersegeln, und darunter die fruchtbare Erde, die zur Erosion gedrängt wird, abgetragen und umgegraben, bis nichts mehr übrig bleibt. Wenn du aufwachst, dann nehme ich dich mit auf den Gipfel und zeige dir, wie alles von dort oben aussieht. Wenn du wüsstest, wie groß das Fernweh wird, wenn man die Welt von so weit oben betrachtet.«

Und in dem Augenblick, in dem sie das sagt, begreift sie, dass auch das Gegenteil wahr ist. Das, wonach man auf dem Grund des Meeres sucht, findet man auch in großer Höhe, auf dem allerhöchsten Punkt, und daher lassen sich an dem einen extremen Ort dieselben Melodien vernehmen wie am anderen.

Sie dreht sich zu Marcus um, geht zu ihm und nimmt zum ersten Mal seine Hand.

»Es tut mir leid«, sagt sie leise.

Und nach einer langen Pause fügt sie hinzu: »Ich hab dich angelogen, man sieht nicht die Berge, wenn man aus dem Fenster blickt, sondern das Meer.«

Er sitzt in seinem Hotelzimmer über eine Schale Milchreis gebeugt, den er sich am Nachmittag in dem kleinen Tante-Emma-Laden an der Ecke gekauft hat. Bei der Gelegenheit erzählt er der Verkäuferin, dass sein Sohn im Koma liegt und lenkt damit ihre gesamte Aufmerksamkeit auf sich. Sie wagt nicht länger, irgendwen anders zu bedienen, sondern lauscht stattdessen gebannt dem spannenden Drama aus Bernards Mund.

Anschließend schmunzelt sie darüber, dass sie ja noch am Tag vorher mit Ninon aus der Wäscherei gegenüber darüber geredet hat, wie viel Aufmerksamkeit die Stadt durch den Sturz des Kranführers bekommen hat. Nicht, dass sie von einem ruhmreichen Ereignis gesprochen hätte, aber man hat ihr dennoch angemerkt, dass sie ein wenig stolz darauf ist, ausgerechnet in dem Ort zu wohnen, wo *es* passiert ist. Falls der Typ sich wundersamerweise wieder erholen sollte, würde das Interesse der Presse bestimmt noch einmal größer werden.

Als dann plötzlich Bernie an der Kasse steht, um drei Euro fünfundvierzig für ein Schälchen hausgemachten Milchreis zu bezahlen, kann sie gar nicht anders, als darin ein Zeichen zu sehen.

Noch am selben Abend geht sie hinüber auf die andere Straßenseite und wettet mit Ninon, dass Marcus Bogat aufwachen wird. Der Vater weiß natürlich nichts davon, ihm lauscht sie nur ausgiebig und nickt dabei regelmäßig, um ihr Mitgefühl zu bekunden.

Jetzt ist er in seinem Zimmer und hat die ersten Löffel von der Süßspeise gekostet, *gar nicht schlecht, dieser Milchreis*, im Süden findet man selten so guten Milchreis, er aß ihn schon vor Jahren gern. Als seine Frau noch bei ihm war, war das immer der sonntägliche Nachtisch, das einzige Gericht, das er kochen kann, die einzige Sache, die er zustande bekommt.

Er nimmt beim dritten Klingeln ab, es ist die Vorwahl aus dem Ort, die ihm natürlich nicht bekannt ist.

»Monsieur Bogat?«

»Der bin ich.«

Er hat den Mund noch voll.

»Ihr Sohn ist aus dem Koma aufgewacht.«

Und genauso wie damals, als Yann anrief, um ihm von Marcus' Unfall zu berichten, und seine Aussage nicht richtig zu ihm durchdrang, ist Bernie auch diesmal wieder nicht in der Lage, die wahre Bedeutung der Worte zu erfassen. Mechanisch stellt er die Schale auf dem Tisch ab und legt seinen Löffel säuberlich daneben.

»Ich … was?«

Da ist ein Satzanfang, an dem sich seine Zunge stößt, sein Hals schnürt sich zu, sodass seine Stimme erstickt, seine tauben Lippen bringen nur ein unschlüssiges Stammeln hervor.

»Er ist wieder bei Bewusstsein. Sie sollten herkommen.«

Diese simple Anweisung gibt ihm den Rest. Er hat das Gefühl, keine Luft mehr zu bekommen, hustet mehrmals und bringt schließlich hervor:

»Ich komme.«

Der Weg zum Krankenhaus, den er zu Fuß zurücklegt, teilweise im Laufen, kommt ihm unendlich lang vor, aber von wundersamer Schwerelosigkeit. Weder seine Kurzatmigkeit noch seine erbärmliche körperliche Kondition bereiten ihm Sorgen; er schwitzt, ringt besorgniserregend nach Luft, aber dennoch hat er sich niemals so leicht und so stark zugleich gefühlt. Schließlich tritt er durch die Schiebetüren des Krankenhauses, wie man sich mit allerletzter Anstrengung über die Ziellinie wirft, und hält der erstbesten Krankenschwester, die vorübergeht, atemlos sein rotes Gesicht entgegen.

»Mein Sohn ist aufgewacht!«

Man bittet ihn zu warten, und er nutzt die Zeit, um Yann zu benachrichtigen. Am Telefon weint er und wiederholt bei jeder Gelegenheit: »Ich liebe die Bretagne, ich liebe die Bretonen.«

Als hätte er soeben, irgendwo in Frankreich, zum ersten Mal einen Sinn in seinem Leben entdeckt. Als Yann nur wenige Minuten später eintrifft, findet er Bernie wie ein artiges Kind dasitzen, die Knie parallel und die Hände darauf abgelegt, deren kaum wahrnehmbares Zittern seine Angst verrät. Er kniet sich vor ihn hin, legt seine Hände auf die des alten Mannes und küsst ihn auf die Stirn. Die ganze Zeit über hält der alte Vater den Kopf gesenkt, sodass sein zaghaftes Lächeln nur dem Linoleumboden gilt.

»Monsieur Bogat?«

Die Stimme unterbricht das Schluchzen, das soeben erneut in ihm aufsteigt, und er richtet sich schlagartig auf. Yann genauso.

»Sind Sie Marcus' Vater?«

Bernard ist schon aufgestanden und steht sehr aufrecht vor dem Arzt, den er noch nie gesehen hat, es fehlt nicht viel, und er würde Habachtstellung einnehmen.

Er nickt: »Ja, ja, das bin ich.«

Er spricht ein bisschen zu laut, er will da sein, will bereit sein.

Der Mann bedeutet ihm zu folgen. Yann schenkt er nur beiläufig Beachtung, er nimmt wohl an, es handele sich um einen weiteren Sohn. Im Fahrstuhl erstattet er Bericht über seinen Patienten, der gerade verschiedenen Untersuchungen unterzogen wird, um festzustellen, welche Folgen diese zwei im Koma verbrachten Wochen haben. Bernard verzieht das Gesicht, er fürchtet sich davor, Begriffe zu hören, die auf eine ungünstige Diagnose verweisen, und sucht im Blick des Arztes nach einer Antwort. Doch dessen Augen bleiben starr auf die Knöpfe der Türsteuerung gerichtet; Pfeile nach innen, Pfeile nach außen. *Genauso sieht es aus*, denkt Bernard, *das ist genau das richtige Symbol für Marcus' Leben in diesem Augenblick.*

Édith ist auf dem Weg zum Hafen, das Gaspedal weit nach unten durchgedrückt. Sie hat die ganze Nacht nicht geschlafen, die Worte ihrer Tochter haben sie aufgewühlt, ihr gebeutelter Körper hat sich Hunderte Male herumgeworfen. Warum hat er ihr bloß nie gesagt, dass ihm nicht schmeckte, was sie kochte, warum hat er sie immer weitermachen lassen? Im Laufe der Stunden, die sie dem Sonnenaufgang näher bringen, kommt sie sich nacheinander durchgerüttelt, verfolgt, bemerkenswert, tapfer, absurd, heroisch und verrückt vor. So viele widersprüchliche Empfindungen ziehen an ihr vorbei und befeuern ihre Verwirrung. Die Nacht hat sie all ihrer Sicherheiten beraubt, die Hoffnung fällt in sich zusammen und sucht das Weite, auch sie, wieder einmal.

Als der Morgen dämmert, stürmt sie in die Küche, reißt mehrere Müllsäcke von der Rolle und schmeißt das ganze Gemüse hinein, das sie in ihrer Vorratskammer aufbewahrt, um damit Dutzende von Thermoskannen für die Fischer vom Hafen zu befüllen. Anschließend verfrachtet sie sie in ihren Kofferraum und lädt sie vor dem Eingang zur Hafenmeisterei wieder aus.

»Was machen Sie denn da?«

Jemand hat Grégoire Bescheid gegeben, er kommt mit seinem Kaffee auf sie zu.

Als Édith ihn sieht, hält sie abrupt inne, blickt ihm lange ins Gesicht und fragt ihn dann ohne Umschweife:

»Schmeckt meine Suppe gut, ja oder nein?«

»Aber ja, sehr lecker, habe ich Ihnen doch schon gesagt.«

»Sie haben auch zu mir gesagt, dass Sie wiederkommen würden.«

Der Fischer läuft sofort rot an, jetzt hat sie ihn ertappt, natürlich hat er sie kein weiteres Mal besucht, eigentlich hat er mit dieser Thermoskannengeschichte doch auch nichts am Hut, er hat ja nur getan, was der Hafenmeister ihm aufgetragen hat.

»Wollte ich auch, aber ich habe immer so viel zu tun.«

»Schon klar …«

Dann beginnt sie wieder mit dem Ausladen ihres Kofferraums.

»Fünfzig Kilo Marktgemüse, um die schmächtigen Körper von euch Fischern damit zu stärken, die dem Wind und den Wellen schutzlos ausgeliefert sind. Macht aber auf keinen Fall Suppe draus, das mag niemand, reine Energie- und Zeitverschwendung, da denkt man, man würde damit jemandem eine Freude machen und irgendeine Verbindung zwischen Erde und Meer aufrechterhalten, aber stattdessen landet alles bei den Meerestieren, bei der verdammten gefräßigen Fischmeute, die sich stumpf über alles hermacht, was man ihr über Bord zuwirft.«

Als sie fertig ist, fügt sie hinzu: »Lieber Grégoire, ich hänge meine Schürze an den Nagel.«

Dann schleudert sie diese oben auf den Berg aus Müllsäcken und kommentiert ganz trocken: »Hopp, auf den Müllhaufen damit.«

Anschließend geht sie einmal um ihren Wagen herum und nimmt hinter dem Lenkrad Platz, nicht ohne die rostige Fahrertür hinter sich zuzuschlagen, welche der junge Mann jedoch sofort wieder aufreißt.

»Was machen Sie denn jetzt?«

»Ich fahre nach Hause.«

»Und wo ist unsere Suppe?«

Mit einem kurzen Anheben des Kinns deutet sie auf die Säcke mit Gemüse.

»Einfach nur schälen, klein schneiden, Brühe dazu, Olivenöl und ein paar Gewürze.«

Er starrt sie an, blickt ihr einen Moment in die Augen.

»Nee nee, ich bin doch Fischer. Ich schicke Sie doch auch nicht los, um Zackenbarsche zu fangen!«

»Das ist wenigstens etwas, was Leute essen und schätzen. Die Suppe, die ich koche, wird ja nur ins Meer gekippt ...«

Grégoire zieht die Schultern hoch. »Wer das macht, ist doch verrückt!«

Darauf erwidert Édith nichts. Sie lässt ihre Autoschlüssel los, die am Zündschloss hängen, der metallene Bund schwingt hin und her, während draußen der Atlantik sein immer gleiches morgendliches Frühlingslied erklingen lässt.

»Lassen Sie uns nicht fallen, Madame Édith.«

Er lässt seine Stimme bewusst etwas feierlich klingen, lädt seine Worte mit Gewicht auf, der Satz trieft vor Pathos. Édith wundert sich.

»Unser Beruf ist ganz schön hart, das wissen Sie ja auch

sehr gut. Aber mit einer vollen Thermoskanne an Bord zu gehen, und jeden Tag ist was anderes drin, und sie dann am Mittag aufschrauben und schnuppern, wie der Duft sich in der Kabine ausbreitet, und wenn dann jeder für sich zu erraten versucht, welche Zutaten wohl diesmal drinstecken, und sich dann die Suppe eingießt, das ist zu einem Ritual geworden, einem richtigen Mannschaftsding. Für eine kurze Weile wärmen wir uns alle gleichzeitig die Hände an der Schüssel und haben den gleichen köstlichen Geschmack im Mund. Ich habe keine Ahnung, wer Ihre Suppe von Bord kippt, aber bei uns, das kann ich Ihnen versichern, trinken wir unsere Schüsseln bis zum letzten Tropfen aus.«

Sie hört ihm zu, ohne sich zu rühren. Den geraden Rücken in den abgewetzten Ledersitz ihres Peugeot gedrückt, starrt sie auf den metallisch glänzenden Löwen, der in die Mitte des Lenkrads eingestanzt ist.

Als Grégoire fertig ist, geht er einmal um den Wagen herum, öffnet den Kofferraum und lädt die vollen Säcke mitsamt der Schürze wieder ein, dann geht er zu Édith zurück, und so bestimmt, wie man eine Muschel vom Fels löst, nimmt er die linke Hand der Witwe vom Lenkrad und umschließt sie mit seinen zehn rauen Fingern mit den kurz geschnittenen Fingernägeln.

»Édith. Bitte! Die ganze Belegschaft zählt auf Sie.«

Er meint in dem Blick, den sie ihm anschließend zuwirft, eine wiedererwachende Lebensenergie, vielleicht sogar einen Hauch Dankbarkeit zu entdecken. Sie steht jetzt unter seinem Schutz, und er schwört sich, dass er sie nicht fallen lassen wird, auch wenn er sie dafür weiterhin anlügen muss.

Sie stammelt etwas, was er nicht versteht, aber als stummes Einverständnis deutet, dann startet sie den Motor und fährt davon.

Grégoire bleibt zurück, steht mit den Stiefeln in einer Salzwasserpfütze, blickt ihr hinterher und winkt gleichzeitig einem Kollegen zu, der gerade vorbeigeht.

»Wer war das?«, fragt der.

»Vladimir Savidans Witwe.«

»Die immer die ganze Suppe kocht?«

Auf sein Nicken hin fängt der Fischer an zu lachen. »Diese Plörre, die wir immer ins Meer kippen?«

»Genau die«, gibt Grégoire zurück.

Dann geht er mit zögerlichen Schritten zurück an seine Arbeit.

Ihn sehe ich als Erstes. Er sieht genauso aus wie früher, nur die Haare sind grau geworden, und ein bisschen kleiner kommt er mir vor. Ich sehe sie wie durch einen dichten Nebel hereinkommen, einer hinter dem anderen, im Gänsemarsch, ein bisschen wie in der Schule. Der Arzt hat mir gesagt, dass ich im Koma gelegen habe, und ich frage mich, welcher Tag wohl heute ist. Wie spät mag es sein? Wo bin ich? Ich will auf meinen Kran.

Mein Kopf tut weh, meine Beine fühlen sich schwer und schlaff an, meine Arme gehorchen mir überhaupt nicht, meine Hände scheinen soeben aus einem langen Dämmerschlaf zu erwachen.

Mein Vater kommt näher, immer näher, dicke Tränen kullern aus seinen Augen und landen auf meiner Stirn, als er mich darauf küsst. Es fühlt sich an, als würde ich zum ersten Mal Schnee spüren.

»Warum weinst du?«

Der andere ist in der Nähe der Tür stehen geblieben, ich sehe, dass er mich beobachtet, er muss irgendeinen Vornamen haben, aber wie lautet der bloß? Ich bin zu müde.

Jetzt kommt eine Schwester dazu, beim Gehen schwingen ihre Arme gleichmäßig durch die Luft. Sie spricht erst sehr leise und dann sehr laut, sie streicht meinem Vater über den Rücken, hört die ganze Zeit nicht auf zu lächeln, und zu dem anderen sagt sie:

»Darauf müssen wir anstoßen, ich lade Sie ein.«

Das bringt meinen Vater zum Lachen.

»Kann ich auch mitkommen?«

Bernard Bogat beugt sich über mich, das ist so seltsam.

»Alles in Ordnung, mein Sohn?«

Jetzt streichelt er meine Wange.

Ich drehe den Kopf zur Seite, die Augen fallen mir zu, *Wenn du mich wirklich liebst, dann lass mich jetzt schlafen.*

Ich möchte Stufen hinaufklettern, diesen Raum verlassen und immer höher steigen.

Jetzt kommt der große Kerl, der sich bisher im Hintergrund gehalten hat, auch heran, ich sehe ihn nicht, aber ich kann ihn fühlen. Ich mache die Augen nicht auf, ich frage mich, was er wohl vorhat.

»Marcus?«

Er flüstert meinen Vornamen und pustet mir dabei ins Gesicht.

Er kennt mich. Aber das Gesicht, der Geruch, die Stimme, nichts ...

Und auf einmal ärgert mich das. Ich öffne die Augen wieder, blicke ihn fest an, er lächelt mir zu, mit nach oben gereckten Daumen, die ein paarmal in die Höhe hüpfen. Ich will es jetzt wissen.

Ich werde nervös, wühle in meinen Erinnerungen, so wie andere Leute im Müll nach Verwertbarem suchen.

Er ruft: »Nach deiner Entlassung gebe ich dir einen aus!«

Offenbar wollen alle schnell was trinken.

In meinem Unterarm steckt eine Kanüle, deren Schlauch zur Maschine läuft, aber trotzdem hätte ich am liebsten ein Glas Wasser in der Hand, in das ich meine Zunge tauchen und das ich in einem Zug austrinken kann.

Die Tür geht auf, die Schwester verschwindet, der Arzt tritt ein, dann geht die Tür wieder zu. Er gibt meinem Vater und dem anderen Mann die Hand. In seinen Armen hält er wie ein Neugeborenes eine stahlblaue Patientenmappe, er setzt sich auf mein Bett und achtet darauf, dass sich keines meiner Körperteile darunter befindet, schon mal ein gutes Zeichen bei einem Arzt. Dann fängt er an zu sprechen. Er hat ein Lächeln auf den Lippen, und die Worte sprudeln heraus. Ich wundere mich, wie zufrieden alle um mich herum wirken.

Ich mache die Augen wieder zu und denke: *Wer bin ich?* Um das zu ergründen, müsste ich mich enorm konzentrieren, aber dazu bin ich nicht in der Lage. Ich betrachte die Schwärze hinter meinen beiden Augäpfeln, die stellenweise in Grau übergeht, die Worte des Arztes kommen und gehen, manche zerplatzen ganz vorn, andere bewegen sich kaum und verschwinden wieder.

Ich höre *Rehabilitation* und *Geduld*. Die verwendeten Begriffe überraschen mich nicht, wenn ich der Arzt wäre und mich da liegen sähe, würde ich das Gleiche sagen. Die Vorstellung zu lernen, mich in meinem alten Leben wieder neu zurechtzufinden, gefällt mir, aber in was für einem Leben genau?

Bin ich in der Lage, ein ganzes Huhn zu kochen, und kann ich Autobahn fahren? Habe ich schon mal einen Star um ein Autogramm gebeten oder Birkenstock-Sandalen getragen? Hat meine Freundin schon *Der Pate* gesehen? Und vor allem, habe ich überhaupt eine? Ich habe alles vergessen.

Bis auf meinen Kran. Ich will meine Aussicht. Ich will die leichte, schaukelnde Brise und den Sturm, der peitscht, herausreißt und entwurzelt. Ich will spüren, wie sie mir durch die Haare wühlen und auf die Finger pusten. Auf die Häuser blicken, die wie Lego sind, und auf die Stadt, die sich auf ihrem Spielteppich ausbreitet. Ich will all die winzigen Leute sehen, die überall in der Stadt hin und her laufen. Ich will in mein kleines Land da oben zurückkehren, in dem eigene Gesetze gelten.

Wenn ich doch nur sprechen könnte, Fragen stellen oder auf mich aufmerksam machen könnte, das würde mir helfen. Aber im Moment will ich noch nicht testen, ob ich sprechen kann. Wenn meine Stimme lauter würde und wenn sie mich dann zufällig hören, dann müsste ich meine Augen offen lassen und könnte nicht in die Schwärze hinter meinen Lidern zurückkehren.

Also schweige ich, und noch bevor ich dazu aufgefordert werde, fange ich schon mal an, mich in Geduld zu üben.

Der Hafenmeister ist dagegen, Pierric ebenso, und auch alle ehemaligen Kollegen haben ihre Bedenken geäußert, dass sie die *Baïkonour* wieder übernimmt, doch Anka sieht darin nur die phallokratischen Äußerungen einer Bande von konservativen Kahnfahrern, die den Gedanken nicht ertragen können, dass eine Frau mit ihrem Wissen und Können in ihre salzigen Fußstapfen tritt.

An diesem Montag holt sie, begleitet von Flan, dem Einzigen, dem vollkommen egal ist, was speziell Frauen daran hindern sollte, zur See zu fahren, das Fischerboot hervor und wirft dem Hangar im Hinausgehen noch einen kurzen Blick über die Schulter zu. Vor ihr liegt der Hafen und vibriert mit dem Schnurren des Motors, auf der dunklen, grünlichen Wasseroberfläche schwimmen Müllreste wie Späne vom Leben auf See, einfach so verstreut, ohne einen Gedanken an die Fische im Becken zu verschwenden.

Hinter der Mole dann der Atlantik.

Anka dreht in Richtung der Zapfsäule ab, die sich an der Uferböschung der Mole befindet. Dort wartet der alte Pierre auf seinem Hocker aus Metall. Er hebt kurz den Unterarm zur Begrüßung und schaut sitzend zu, wie die *Baïkonour* auf ihn zukommt. Er denkt ganz bestimmt an Vladimir, aber sie ist noch zu weit weg, um zu sehen, wie sein Kinn und seine Unterlippe kummervoll zittern.

Als sie mit dem Anlegen beginnt, postiert er sich ganz am Rand des Kais und wartet darauf, dass das Boot sich nicht mehr bewegt. Anka, die findet, dass sie alles im Griff hat, ärgert sich, dass er an ihren Fähigkeiten zu zweifeln scheint.

»Einmal vollmachen mit Diesel, bitte.«

»Kommt sofort.«

Um Haltung zu bewahren, pfeift der Alte vor sich hin, während er seinen erschöpften Körper in Bewegung setzt und Flan ein breites Lächeln schenkt, der sich auf Deck in der Sonne aalt. Dann winkt er mit einer Hand einem Kunden zu, der zu Fuß herankommt, versenkt mit der anderen das Zapfventil im Bootstank und begrüßt den Typen, der sofort von ihm wissen will, ob er denn schon die Neuigkeit gehört habe.

»Welche Neuigkeit?«, brummt Pierre unsicher. »Ich bediene erst die Kundin hier zu Ende, dann komme ich zu dir.«

Der andere kann es aber nicht erwarten und posaunt: »Der Kranführer ist aufgewacht!«

Auf dem Seitendeck ist Anka gerade dabei, einen Verbindungsknoten zu machen, von dem sie augenblicklich ablässt. Sie starrt den anderen Kunden an, es ist niemand, den sie kennt, und liest mehr von seinen Lippen ab, als dass sie hört, was er sagt, dabei spricht er laut und deutlich.

»Gestern aufgewacht. Ärzte optimistisch. Vollständige Genesung möglich. Geduld.«

Anka setzt sich hin, den oberen Rücken schräg Richtung steuerbord geneigt, und lässt die Seile los. Der Tank ist jetzt voll, und Pierre möchte bezahlt werden, er muss es dreimal wiederholen: »Vierhundertfünfundzwanzig Euro bitte.«

Flan hört zu, wie der Mann sich mit seiner tollen Neuigkeit vor dem Tankwart brüstet, und gleichzeitig sieht er seine Freundin auf das Deck aus Balsaholz hinabsinken. Da sitzt sie nun und schaut Flan an, sagt kein Wort, lächelt nur.

»*Darling*, der Herr bekommt noch Geld von dir.«

»Er lebt.«

»*I heard*. Verrückt.«

Dann steht sie auf, stellt sich auf die Zehenspitzen und ruft dem Fußgänger vom Boot aus zu:

»Woher wissen Sie denn, dass er aufgewacht ist?«

Der scheint ihre Frage lustig zu finden. »Die ganze Stadt weiß es.«

Ankas Beine zittern.

»Die ganze Stadt weiß Bescheid«, wiederholt Anka und wirkt etwas belämmert. »Nur ich nicht.«

Dann muss sie lachen, so sehr ist das mittlerweile zu ihrem Ding geworden, dieses *Sich-außerhalb-der-Stadt-Befinden*. Sie tigert auf Deck hin und her und rauft sich die Haare. Flan sitzt dabei und muss ebenfalls lachen.

Mit dem Wissen gewappnet, dass Marcus ins Leben zurückgekehrt ist, fährt Anka zum ersten Mal allein am Steuer der *Baïkonour* aufs Meer, Flan weicht ihr nicht von der Seite, und die Fluten liegen vor ihr wie ein riesiger blauer Teppich. Möwen fliegen über das Boot hinweg und singen vom Anbruch eines neuen Tages, dem Rest eines Lebens, womöglich einer Geburt, und am anderen Ende der Stadt schläft Marcus tief und fest, in einem neuen Schlaf, aus dem er wieder aufwachen wird. *Vollständige Genesung möglich.* Hier, mitten auf dem schönen Meer wiederholt sie noch einmal für sich die Worte jenes Mannes, der vorbeikam, um wie Jesus die Frohe Botschaft zu verkünden: *Auferstanden.*

Anka stellt die Motoren ab, bald treibt das Boot nur noch träge vor sich hin, und es wird ganz still. Dann ergreifen die kraftvollen Wellen von der *Baïkonour* Besitz und lassen sie fröhlich auf und ab hüpfen. Anka kennt ihren Tanz auswendig, dieser Rhythmus ist ihr vertraut; als sie klein war, hat sie sich daran regelrecht berauscht.

»Gib mir drei Minuten.«

Sagt es und gibt Flan einen Kuss auf die Stirn, der bleibt, wo er ist, auf der engen Bank in der Kabine rechts vom Steuerstand, und betet, dass er sich nicht übergeben muss.

Sie geht nach vorn an den Bug, da, wo die Wellen jubeln, hält sich am Geländer fest und lehnt sich dagegen. Der mächtige Ozean unter ihr spielt braver Schoßhund. Er sieht aus, als hätte er sich überhaupt nicht verändert, dabei ist er seit Kurzem ein ganz anderer geworden, das menschenfressende Ungeheuer eines Dramas, denn in der Zwischenzeit hat er ihren Vater geholt. Er hat ihn einfach verschlungen wie einen ganz gewöhnlichen Fisch und hält ihn nun für alle Ewigkeit fest in seinen Armen. Sie ist bereit, sich zu fügen und ebenfalls dieser wahnwitzigen Masse mit all ihren vom Wasser überspülten Tiefen und Untiefen anzugehören, ja, auch sie will von ihr aufgenommen werden, und so wird sie in diesem Moment offiziell zur Tochter des Atlantiks.

Es ist der 11. Mai 2016, und fast in demselben Augenblick, als Marcus Bogat ins Leben zurückkehrt, tut Anka Savidan das, was das Meer bereits vor ihr getan hat, sie tötet ihren Vater.

Ich sitze.

Die Schwester sagt, es freue sie sehr, mich in dieser Position zu sehen. Als sie merkt, dass ich nicht gleich verstehe, was sie damit meint, erläutert sie: »Ich habe Sie ja bisher nur liegend gekannt.«

Dann lacht sie. Ich lache ebenfalls. Aber worüber eigentlich, mein Gott? Sitzen oder liegen, wo ist da der Unterschied, wenn man so oder so Geduld braucht, bevor man wieder anfangen kann zu leben?

Ich möchte am liebsten wieder schlafen und dann später weiter darüber nachdenken, aber die Schwester sagt:

»Ich bin hier, um sie ein bisschen zu aktivieren.«

Also bleibe ich wach. Ich sehe ihr zu, wie sie meine Körperteile massiert, meine Beine anhebt, um die Muskeln zu dehnen. Die Art, wie sie mich berührt, hat etwas Überraschendes, manchmal spüre ich kleine Stromschläge, ich fühle, wie tief in mir drin meine Nerven sich regen, aus einer tiefen Lethargie erwachen. Es ist wie mein innerer Frühling, in dem alles neu erblüht. Die Berührungen der Schwester sind angenehm, fast vertraut, meinem Körper jedenfalls scheint es zu gefallen, derart dem Wohlwollen einer Unbekannten ausgeliefert zu sein.

»Und die junge Frau ist nicht mehr wiedergekommen?«

Ich drehe den Kopf, nicht sicher, ob ich sie richtig verstanden habe, und hebe fragend die Augenbrauen.

»Na die junge Frau, die ein paarmal hier war, mit den schönen blauen Augen, ist die nicht mehr wiedergekommen?«

Ich zucke nur mit den Schultern.

»Sie sollten ruhig mal wieder versuchen, ein bisschen zu sprechen, Monsieur Bogat, glauben Sie mir, das ist sehr hilfreich, wenn man sich verständlich machen will.«

Ich blicke sie an und bleibe ein Weilchen an ihrem Gesicht hängen, das sich fortwährend bewegt, während sie mit der erhobenen rechten Hand verschwörerisch durch die Luft wedelt, oh-oh.

»Die Stimmbänder sind wie jeder andere Muskel, die müssen auch trainiert werden.« Sie ermuntert mich: »Kommen Sie, wir probieren es einfach mal aus!«

Das Ausprobieren dauert eine Stunde, in der ich verschiedene Töne zu produzieren versuche, ich habe überhaupt keine Kontrolle darüber. Danach soll ich mehrere Male nacheinander einzeln die Buchstaben des Alphabets aufsagen. Ich habe den Eindruck, ungefähr über das Ausdrucksvermögen einer Katze zu verfügen, ich habe keine Stimme mehr und stelle mich unbeholfen an. Ich muss an meinen Stimmbruch mit fünfzehn denken und wandere in Gedanken ein Stück in meine Kindheit zurück, zu dem Drachen, den ich sonntags zum Himmel steigen ließ, wenn mein Vater noch schlief, unablässig damit beschäftigt, sich vom Nichtstun zu erholen. Mit der Schwester unterhalte ich mich über Morsezeichen, hin und wieder lacht sie, und das gefällt mir.

»Ja, gut, es geht voran! In einer Woche können Sie so schöne Reden halten wie Obama.«

Sie nimmt ihre Sachen.

»Die Stunde ist vorbei! Am besten, Sie schlafen jetzt ein bisschen, Monsieur Bogat.« Und weg ist sie.

Sie schließt die Tür hinter sich, lässt aber das Fenster offen. Es geht aufs Meer hinaus. Ich höre die Wellen von Weitem, ich kann den feuchten Sand riechen.

Schau an, der Ozean ist nicht weit. Es ist eine Entdeckung, keine Erinnerung.

Dann geht die Tür erneut auf, und mein Vater kommt herein, gefolgt von dem anderen. Er steht auf der Schwelle und lächelt mir zu. Ich mustere ihn eingehend, die breiten Schultern unter seinem frühlingshaften Hemd, und mir wird bewusst, dass er mir so, aufrecht stehend, nicht sehr vertraut ist. Er hat sein Leben im Sitzen oder im Liegen verbracht, ganze Tage, in denen er nur zum Pinkeln aufstand, *Fernsehen plus Pastis*, das war seine liebste Formel, wenn er regelrecht vor dem Bildschirm klebte, anderen beim Boule-Spielen zusah und laut kommentierte, wie viel besser er es gekonnt hätte.

Als er jetzt auf beiden Füßen vor mir steht, kommt sein Körper mir, so stabil aufgestellt, zum ersten Mal stark vor. Er kommt näher und küsst mich zur Begrüßung, dann setzt er sich auf die Bettkante, er zittert und versucht, meine Hand zu nehmen. Ich bin wie erstarrt und beobachte die Szene wie ein Assistent in einem Versuchslabor.

Und dann ist da ja noch der andere.

»Grüß dich, Kollege!«

Ich bringe stammelnd ein paar Silben hervor, und er tut so, als würde er mich verstehen.

»Yann möchte dir etwas sagen«, beeilt mein Vater sich, mich zu unterbrechen, niemand hat Lust, mir dabei zuzusehen, wie ich wie ein Baby unverständliches Zeug vor mich hin brabbele.

»Erinnerst du dich an die junge Frau, in die du vor deinem Unfall verliebt gewesen bist?«

Schon wieder eine junge Frau! Aber auch an sie kann ich mich nicht erinnern.

Mit einem auffordernden Blick versucht mein Vater, mich zu einer Antwort zu ermuntern, aber ich weiß nicht, was ich sagen soll, und abgesehen davon wüsste ich auch nicht, wie ich es sagen sollte.

Verliebt? Ich zucke wie gleichgültig die Schultern, obwohl mich der Gedanke insgeheim gleichermaßen überrascht wie erfreut, und mein Mund bringt lediglich ein paar ramponierte Worte hervor.

»Ich weiß nicht.«

»Du bist in eine Frau verliebt, die du nicht kennst. Sie ist Friseurin, aber du weißt ihren Namen nicht. Sie lebt in Kerlé, und du hast von deiner Kabine aus herausgefunden, wo sie wohnt, aber du hast mir nicht gesagt, wo. Klingelt's da nicht bei dir?«

Ich senke den Blick, es ist mir peinlich, dass ich nicht einmal in der Lage bin, mein eigenes Gedächtnis zu steuern.

»Kurz vor deinem Unfall hattest du dir vorgenommen, sie endlich mal anzusprechen.«

Ich lausche ihm, wie er mir von meinem früheren Leben erzählt, die Erinnerungen daran sind verschwunden, fast kommt es mir so vor, als wäre nie irgendwas geschehen. Ich bin direkt vor ihnen, aber ich höre nur mein eigenes Schweigen. Also schüttele ich den Kopf, drehe mich zum Fenster und schließe die Augen.

Mein Vater streichelt mir die Wange, ich bin wieder neun Jahre alt, vielleicht zehn, und er flüstert Yann zu:

»Er ist jetzt müde, wir lassen ihn alleine, und kommen später wieder.«

Und dann bin ich wieder allein, zurückgeworfen auf mein ausgeblutetes Gedächtnis, und vor meinem halb geöffneten Fenster heult der Nordwind.

Der Wind trommelt auf das kaputte Dachfenster im Flur, ein regelmäßiger Takt, der sich mit dem rhythmischen Geklapper der Küchengeräte vermischt, mit denen Édith im Nebenraum hantiert. Anka legt ihre Tasche auf die alte holzgeschnitzte Bank und zieht ihren Wollmantel aus, ein Lächeln auf den Lippen.

»Du hast bestimmt schon davon gehört, dass dein Kranführer-Freund wieder unter uns ist …«

Ihre Tochter nickt schweigend und küsst sie zur Begrüßung wortlos auf die Stirn.

»Halleluja!«, fährt Édith fort und hebt die Arme zum Himmel. »Siehst du, es gibt eben doch Wunder!«

Sie steht vor dem Kühlschrank, streift ihre Hände an der Schürze ab, befreit sie so von Salz und Fett. Anka sieht ihr dabei zu und amüsiert sich über das übertriebene Pathos ihrer Mutter, die ganz aus dem Häuschen zu sein scheint.

»Es heißt, er kann sich an nichts erinnern.«

Anka schnappt sich eine Karotte und beißt, ohne sich die Mühe zu machen, sie zu schälen, das schmal zulaufende Ende ab, nur um es gleich darauf wieder auszuspucken.

»Hast du ihn schon besucht?«

»Ich werde Kapitänin der Küstenfischerei, ich habe mich für die Ausbildung eingeschrieben.«

Endlich hat Anka es gesagt. Die Ankündigung kommt unerwartet, um das Mindeste zu sagen, aber dennoch zuckt Édith nicht mit der Wimper, als wären die Worte einfach so an ihr vorübergezogen.

»Das ist keine Antwort auf meine Frage.«

»Nein, ich habe ihn nicht besucht.«

»Das solltest du.«

Anka verzieht den Mund, sodass ihr Gesichtsausdruck ihren Unwillen verrät.

Im selben Augenblick zieht Édith eine kleine Klappleiter zu sich heran, die in der Küche in der Ecke gestanden hat, stellt sie vor einen der Schränke hin und klappt sie mit derselben Bewegung auf, mit der man an einem sonnigen Morgen die Vorhänge aufreißt. Dann steigt sie auf die Trittfläche und stellt sich auf die Zehenspitzen, um eine leere Blechdose vom obersten Regalbrett zu nehmen, die sie auf dem Tisch stellt. Sie öffnet eine Schiebetür an einem anderen Schrank, nimmt ein Leinensäckchen heraus und leert dessen Inhalt vorsichtig in die Metalldose, die sie anschließend in einer altmodisch wirkenden Geste, bei der der Gegenstand auf den geöffneten Handflächen liegt, ihrer Tochter überreicht, als würde sie demütig eine höchst bescheidene Gabe darbringen.

»Die habe ich gestern Morgen gebacken.«

Anka weicht zurück, einen ganz kleinen Schritt nur, und da die Wand in ihrem Rücken nicht nachgibt, muss sie sich ein wenig dagegenpressen, um einen größtmöglichen Abstand zwischen sich und die Dose zu bringen.

»Und was soll ich deiner Meinung nach damit machen?«

»Wie, was sollst du damit machen?! Die sollst du ihm bringen, meine Güte!«

Kurz ist es ganz still zwischen Mutter und Tochter, ein klitzekleiner Augenblick in der Zeit, der auftaucht und sich ausbreitet wie ein Tropfen Öl, und in dem Anka denkt *Ich weiß nicht mehr, was ich noch zu ihr sagen soll, damit sie endlich begreift*, aber dennoch hört sie sich bereits laut schreien.

»Kannst du endlich damit aufhören?«

»Womit?«

Entweder sie stellt sich dumm, oder sie macht es mit Absicht; auf jeden Fall ist Anka überzeugt, dass sie es genießt, den Mythos von der Tochter zu verbreiten, die genauso ist wie ihre Mutter und die das, was Édith getan hat, wie unter einem Fluch wiederholen muss. Es gibt keine Zufälle, keine Unfälle, alles, was geschieht, ist ein Fakt. Nachdem Vladimir ertrunken und Marcus heruntergefallen ist, sind die beiden Frauen dazu verdammt, an deren Rückkehr zu glauben und auf sie zu warten, wie das arme Kind, das auf die Rückkehr der verschwundenen Mutter wartet.

Anka will davon nichts wissen, sie hat nichts am Hut mit diesem tödlichen Abwärtsstrudel, in dem die Hoffnung sich als Retter ausgibt, während sie jeden Tag ein Stückchen tiefer Édiths Grab aushebt. Deshalb wird sie schon wieder laut:

»Niemand erweckt niemanden zum Leben. Er wäre so oder so wieder aufgewacht, mit oder ohne mich. Es ist kein Wunder, es gibt keine Wunder, es gibt nur die Lebenden und die Toten. *Die Toten soll man begraben und ruhen lassen, den Lebenden soll man sich zuwenden.*«

Es ist vergebene Liebesmüh, aber sie tut es trotzdem, auch wenn es keinerlei Effekt hat. Wenn es schon nichts gebracht hat, ihr zu verraten, dass er ihre Suppe verabscheut hat, dann weiß sie auch nicht mehr weiter.

Und so versiegt die kleine Ansprache plötzlich, kehrt artig dorthin zurück, wo sie hergekommen ist, an jenen Ort, den Anka mehr schlecht als recht unter Kontrolle hat, und die ganze Zeit über hat Édith sich nicht vom Fleck gerührt, ihr Körper verharrt genauso wie zuvor, nur ihre Augen lässt sie wie Murmeln umherrollen.

»Die soll man begraben, so, so …«

»Es ist nur eine Redewendung, verdammt!«

»Hör auf zu fluchen.«

Anka blickt ihr lange ins Gesicht, dann lässt sie die Arme fallen. Sie hängen schlaff an ihrer Seite herunter und baumeln leicht hin und her, als wären es Lasten, die genauso schwer wiegen wie das Unverständnis, das sie beide Rücken an Rücken fesselt, was für ein gemeiner, ja perfider Pranger, denkt sie, ist da zwischen den beiden Frauen errichtet worden durch diese Unmöglichkeit der Trauer.

»Geh doch noch mal zur Uni. Vielleicht Sozialarbeiterin oder Krankenschwester, warum nicht? Wer schon mal jemanden aus dem Koma geholt hat, der kann danach doch alles machen.«

Édith lächelt, höchst zufrieden mit ihrem kleinen Sprüchlein, dann tritt sie auf ihre Tochter zu und beugt sich leicht zu ihr vor, die Dose mit den Keksen diesmal fest zwischen die Hände geklemmt.

»Die bringst du ihm, und dann wirst du schon sehen.«

Dann küsst sie sie zum Abschied.

Anka lässt es über sich ergehen, ihre Hände sind ohnehin damit beschäftigt, das Gebäck ihrer Mutter festzuhalten, und der blumige Duft ihres Halses vermischt sich mit dem der frischen Kekse.

Sie steht schon im Türrahmen der Küche, bereit zum Gehen, den Behälter mit besagtem Inhalt unter den linken Arm geklemmt.

»Sag ihm einfach, du hättest die Kekse gebacken«, gibt Édith ihr noch mit auf den Weg.

Ihre Tochter nickt folgsam und schenkt ihr ein sanftes Lächeln. »Ich behalte sie einfach für mich. Du hast mir noch nie Kekse gebacken, deshalb will ich diese hier für mich haben.«

Dann geht sie und wundert sich, wie leicht sie sich fühlt. Der Regen lässt zwischen den Pflastersteinen der Straße winzige Wasserfälle entstehen, über die das Wasser auf seinem Weg zu dem etwas tiefer gelegenen Hafen hinabrinnt, die ganze Hoffnung des Himmels, die zum Meer hinunterfließt wie erschöpfte Tränen.

Seit siebenundzwanzig Nächten bin ich nun im Rehabilitationszentrum. Yann kommt mich zweimal die Woche besuchen, dazu nimmt er in Kerlé die Autobahn A67 und fährt fünfundvierzig Minuten in meine Richtung. Anscheinend bin ich die Reise wert.

Am Anfang konnte ich mich kaum aufrecht halten, mittlerweile laufe ich wieder genauso gut wie früher, ich rede wieder normal, die Worte sind an ihren rechten Platz zurückgekehrt, ihr Klang hat wieder zum richtigen Tempo und zu ihrem Sinn zurückgefunden. Ganz allmählich lasse ich meinen Sturz hinter mir, offenbar habe ich mich ordentlich angestrengt. *Alle* sind stolz auf mich, weil alles wieder so ist wie vorher, sagen sie mir, nur mein linker kleiner Finger sträubt sich, er weigert sich, den Anweisungen meines Gehirns Folge zu leisten. Ich erfahre, dass er sich nie wieder bewegen wird, und danke wem auch immer dafür, ausgerechnet diesen Finger geopfert zu haben und keinen anderen, ohne den ich meinen Kran nicht mehr hätte steuern können. Ich hätte sonst das Gleichgewicht meiner Hand eingebüßt. Der kleine Finger ist mir egal, wofür braucht man den schon.

Bei jedem seiner Besuche erzählt Yann mir ein Stückchen aus meinem Leben, zumindest das, was ihm bekannt ist.

»Du bist einer der besten Kranführer Frankreichs«, hat er mir neulich verkündet.

Ich nehme verwundert zur Kenntnis, was für tolle Dinge es über mich zu erfahren gibt.

Und diese junge Frau, die Friseurin, der ich wie magisch verfallen, der ich wochenlang mit meinen Augen gefolgt bin, wie kann der Körper, Unfall hin oder her, die Spuren von so etwas so vollständig tilgen? Von ihr ist mir nichts geblieben, nicht einmal mehr eine Erinnerung. An einem Tag ist der Verstand voll und ganz einer Person oder Sache zugetan, und am nächsten ist alles vergessen. Bei meinem Sturz ist auch das wenige, was ich über diese Frau offenbar gewusst habe, in die Tiefe gerissen worden, der Raum für die Erinnerung ist mitsamt der Hoffnung verloren.

Also stelle ich keine weiteren Nachforschungen mehr an, ich kapituliere, und morgen kehre ich nach Hause zurück. Ich bin schon gespannt, wie es in meiner Wohnung aussieht.

Yann hat mir eine große Tasche mitgebracht, in die ich meine Sachen stopfe, ein Sack, gefüllt mit dem Leben eines unvorsichtigen Kranführers. Ich sehe mir den kleinen Haufen meiner Habseligkeiten an: Dieser Pullover, dieses Hemd und dieses Paar Socken, das bin ich, ich bin ein Sohn und ein Freund, und verliebt bin ich auch, ich bin das, was ich sein soll, und so gefällt es mir, ich bin gerne all das auf einmal.

Wenn man ins Leben zurückgekehrt ist, ist man folgsamer, gefügiger und immer etwas demütig, es scheint einem angebracht, nicht viel Aufhebens zu machen und dem Himmel zu danken. Das kriege ich hin, und den Aufstieg auch, achtundsiebzig Stufen, um zu meiner Kabine zu gelangen, morgen werde ich dorthin zurückkehren und bin aufgeregt wie ein Kind. Mein Chef hat mir zugesagt, dass ich meinen Posten am Steuer meines Liebherr-Krans wieder aufnehmen kann, nachdem die letzten medizinischen Tests die triumphierende Rückkehr meiner Fähigkeiten für diese Arbeit erwiesen haben.

Heute Morgen hat mich mein Vater angerufen. Das Wetter im Süden ist gut. Er ist zu seinen Gewohnheiten zurückgekehrt, sprich, Boule und Pastis, er hat geseufzt, als er das sagte, als wäre die Pflicht, genauso zu funktionieren wie zuvor, zu einer unausweichlichen Falle geworden.

»Ich habe mich zum ersten Mal gelangweilt.«

Ich habe ihm zugehört und hatte Mitleid mit diesem Mann, Bernie, der keinen anderen Ausweg kennt als die totale Resignation.

»Kann ich dich in ein paar Wochen wieder besuchen kommen? Ich würde dir gerne einmal dabei zusehen, wie du deinen Kran steuerst.«

Einer Schädelverletzung infolge eines Unfalls habe ich es zu verdanken, dass ich nun, nach siebenunddreißig Jahren, zur einzigen Hoffnung meines Vaters geworden bin.

Ich werde also zu meinem stählernen Stelzvogel zurückkehren und zu meiner Wohnung, die mein Arbeitgeber für einen Zeitraum von einem Jahr und acht Monaten für mich angemietet hat, und zu den Launen des Atlantiks vor der bretonischen Küste, den jadefarbenen Nuancen, die er offen darbietet, und zu den Schrecken, die er zuweilen in seinem Innern birgt. Allmählich mag ich den Atlantik lieber als das Mittelmeer, an dessen Ufer ich groß geworden bin. Er ist wie ich, erinnert sich an nichts oder fast nichts; er ist ein zu unsteter Bursche, um über geordnete Erinnerungen zu verfügen, alles wird unaufhörlich in der Brandung umgewendet, man muss ihn so nehmen, wie er ist, launisch und unbeständig, und wissen, dass man sich bei ihm auf nichts verlassen kann.

Als ich aus dem Krankenhaus entlassen werde, bewege ich mich durch eine Stadt, in der mir weder Straßen noch Gebäude bekannt vorkommen. Yann erwartet mich vor einem modernen Neubau, zu dem mich der Taxifahrer gefahren hat, nachdem ich ihm die Adresse genannt habe.

»Willkommen bei dir zu Hause!«

Ich steige die Treppe hinauf, öffne die Eingangstür, hier und da erkenne ich ein Bild oder einen Gegenstand wieder, die mich an meine Mutter und mein Leben im Süden erinnern. Der Rest, die Räume, die Anordnung der Möbel, der Geruch der Luft, die ich dort atme, und das Licht, das grell durchs Wohnzimmerfenster scheint, all das sagt mir nichts. Ich laufe mehrmals durch die ganze Wohnung, ich bin wie eine Katze, die an einen unbekannten Ort gebracht wurde, und würde mich am liebsten unter einem Schrank verstecken oder irgendwo hinpinkeln, aber stattdessen bleibe ich stehen und starre nach draußen, durchs Fenster, auf das Meer hinter den Häuserdächern, das mich an den olivgrünen Teppich in meinem Kinderzimmer erinnert.

Und auf dem Tisch, genau in der Mitte, liegt mein gelber Bauhelm, mitten durchgebrochen.

Die geöffnete Dose steht auf dem Tresen der Cafeteria, sie ist fast leer, ihre Studienkollegen haben sich rasch über die Kekse hergemacht, hauptsächlich Männer, viele davon älter als sie. In ihren Augen ist sie eine Frau wie so viele andere, die gerne backt.

»Hast du die gemacht?«

Sie hat nicht damit gerechnet, dass sie ihr diese Frage stellen und dabei so beruhigt, so besänftigt dreinblicken würden. Ja, sie absolviert eine Ausbildung zur Küstenfischerin, und ja, sie ist diejenige, die sich bei Weitem am besten mit den gesetzlichen Bestimmungen der Seefischerei oder auch den physikalisch-chemischen Parametern des Ozeans auskennt, aber sie backt Kuchen, also ist alles gut, weil dadurch auf einmal alles wieder in den Bereich des Normalen rückt. Um hier durchzuhalten, muss sie versuchen, dem Ganzen etwas Komisches abzugewinnen, deshalb konzentriert sie sich auf den heutigen Lehrer, der sich soeben mit einem *Guten Tag, meine Herren* an seine Schüler wendet und dabei absichtlich ignoriert, dass sie auch Teil der Gruppe ist. Also malt sie sich aus, wie sich das Gesicht des Lehrers in das von Peter Sellers verwandelt und aus dem Lehrer der blödelnde Clown wird, dessen

Dummheit zum Glück von einem ganz tief verborgenen Anflug von Poesie gerettet wird, und das hilft ihr, die Dreistigkeit einfach so hinzunehmen, ohne weiter darüber nachzudenken.

»Nicht viele finden das, was ich tue, besonders mutig oder begrüßenswert«, hat sie noch vor Kurzem zu Flan gesagt. »Selbst du würdest es lieber sehen, wenn ich in den Salon zurückkehre.«

Der Ire hat protestiert: »Du bist meine einzige Freundin in Kerlé. *Of course I'd rather have you with me in the salon*, aber wenn dir das Meer nun mal wichtiger ist als deine Freunde …«

Kaum hat er den Satz ausgesprochen, fängt er an zu lachen und zwinkert ihr zu, sie weiß ganz genau, dass er stolz auf sie ist.

So verlässt sie an diesem Donnerstag die Berufsschule, geht die Straße bis zur Bushaltestelle entlang und hört dabei laut Claire Denamur über ihre Kopfhörer. Dann lässt sie fünfundvierzig Minuten lang links die Landschaft an sich vorüberziehen und auf der anderen Seite das Meer, das kommt und geht, je nachdem wie die Gebäude oder die Bäume oder die Straße, die immer wieder von der Küste wegführt, gerade angeordnet sind. Schließlich steigt sie an der provisorischen Haltestelle Kerlé/Stadtzentrum aus, die vorübergehend neben der Baustelle eingerichtet wurde.

Der Kran ist soeben in einer langsamen Seitwärtsbewegung begriffen. Anka sieht dabei zu, wie dieser anmutige stählerne Körper sich entfaltet, das schaukelnde Kranseil nähert sich seiner Beute, übertönt vom Lärm einer Kleinstadt, den die Böen sogleich in alle Winde zerstreuen.

Der Greifer nimmt einen gut zwanzig Meter langen

Stahlträger auf, während der Kranführer hoch oben mit der Fingerfertigkeit eines Chirurgen operiert, denn der kleinste Fehler kann am Boden zu einer Katastrophe führen.

Er ist konzentriert, befiehlt von oben allerkleinste Veränderungen, bis er seine Position exakt über dem monströsen Gegenstand justiert hat, genau senkrecht darüber. Dann übernimmt die Mannschaft am Boden, bringt die Anschlagmittel an die richtige Stelle und fügt anschließend noch Sicherheitsgurte hinzu, die über eine Winde laufen, die Last ist riesig und alles wird mit größter Sorgfalt ausgeführt.

Anka schaut auf das Ballett aus behandschuhten Händen und gelben Helmen und denkt an Marcus, was nichts Ungewöhnliches ist, taucht er doch jeden Tag mehrmals in ihren Gedanken auf. Sie hätte ihn gerne wiedergesehen, aber das altbekannte Lied ihrer Familie hat sie davor gewarnt, und sie weiß genau, dass sie dem Rand des Abgrunds fernbleiben muss, weil direkt darunter die Sirenen singen.

Nach ein paar Wochen hat sie sich damit abgefunden. Der Unterricht in der Berufsschule und die neun Monate, die sie auf See verbringen muss, um ihr Diplom zu erhalten, haben den Sieg über die Illusion davongetragen, die, kaum entstanden, bereits wieder abgestorben ist. Das Karussell dreht sich träge immer weiter, und dagegen kommen die Gefühle nicht an, der Wind atmet und seufzt, und dem Ozean ist das alles gleichgültig.

Sie sieht aufmerksam zu, fasziniert von der Arbeit der kleinen Männer auf dem Straßenpflaster, dann schweift ihr Blick hinüber zum Büro des Bauleiters. Da steht er, angelehnt an die linke Ecke, und redet mit seinem Team, sie weiß nicht, ob das, was sie sieht, real ist, von Weitem ähnelt er dem liegenden Mann, dem regungslosen Marcus, den sie kennt, Oberkörper, Mund, Hüften, der ganze Körper von ihrer Gier übermannt. Sofort muss sie an das denken, was sie an jenem Tag getan hat, als sie an ihm geschnuppert hat, ihn probiert hat, nur die Oberfläche, als sie seinen Oberkörper und Bauch umarmt hat, was hat sie da wirklich von ihm, von seiner Ganzheit aufgenommen?

Sie blickt ihn immer noch an, wie er da hinten aufrecht steht, vielleicht erinnert er sich daran, sie kann unmöglich noch einen Schritt nach vorn machen, aber trotzdem geht sie in seine Richtung, setzt einen steifen Fuß vor den anderen und kommt sich plötzlich wie ferngesteuert vor.

»Sind Sie Marcus?«

Er dreht sich um, erblickt sie ganz in seiner Nähe und wundert sich, woher sie seinen Vornamen weiß. Er nickt und stammelt irgendwas.

»Du bist jetzt ein Star!«, witzelt Yann, der direkt neben ihm steht.

»Ich bin damals da unten langgegangen, genau in dem Moment, als Sie gefallen sind. Ich habe Ihnen Ihren Helm zurückgebracht. Tja«, sie stockt kurz »es ist schön, zu sehen, dass es Ihnen jetzt wieder besser geht.«

»Wow«, pfeift Yann und schaut Anka an, »ich glaube, ich sollte mir auch bald mal den Kopp anhauen ...«

»Du bist bescheuert.« Marcus lächelt ein leicht verlegenes Lächeln und wendet sich ihr zu. »Das ist nett, danke.«

Sie betrachtet ihn wie einen kostbaren Gegenstand, merkt gar nicht, wie eindringlich sie ihn anstarrt, Marcus wird ein bisschen nervös dabei, er murmelt noch ein paar höfliche Worte, und die Tatsache, dass er sich bewegt, verunsichert sie von Sekunde zu Sekunde mehr.

»Müssen Sie weiterarbeiten?«

»Ja, ich klettere gleich nach oben. Ich bin aufgeregt wie ein kleines Kind! Ich glaube, das war es, was mich wieder in die Welt der Lebenden zurückgeholt hat, dieses dicke Trumm da.«

Der Satz trifft Anka direkt in die Magengrube wie ein Schlag. Oder wie eine Zärtlichkeit? Sie weiß nicht, ob sie den Blick senken oder *Halleluja* rufen soll. Einen kurzen Moment lang würde sie ihn am liebsten fragen, ob er Gemüsesuppe oder selbst gebackene Kekse mag, aber sie hält sich zurück, schluckt einen Lachanfall hinunter und erwidert schlicht: »Das freut mich.«

Er blickt sie an, sie hat Augen, so blau wie das Meer, kastanienbraune, halb lange Haare, ihr Teint leuchtet im Sonnenschein, der schräg auf sie fällt, es ist schon nach 16 Uhr.

»Wollen Sie mitkommen?«

»Da hoch?«

Er nickt bestätigend, und es ist, als würden seine Augen lächeln. »Von da oben hat man einen perfekten Ausblick auf den Ozean.«

Anka macht einen Schritt auf Marcus zu, dem Yann schon wieder seinen Ellenbogen in die Seite stößt.

»Du kannst sie nicht mit hochnehmen, sie ist nicht versichert!«

»Bist du hier der Chef, ja oder nein?«

Marcus wartet seine Antwort nicht ab, sondern wendet sich wieder der jungen Frau zu: »Haben Sie Angst?«

Sie lächelt und zuckt mit den Schultern, das ist nicht

die Frage, natürlich hat sie keine Angst, schließlich steht sie Tag für Tag am Steuer einer ebenso gefährlichen Maschine wie seiner; eigentlich merkwürdig, dass sie beide so ähnliche Berufe haben, bei denen das immer gegenwärtige Risiko sozusagen das Salz in der Suppe ist.

»Ich bin Küstenfischer.«

Sie spricht die Worte so behutsam aus, als würde sie eine Seifenblase pusten, und spürt gleich darauf, wie sich ein warmer Schauer in ihr ausbreitet und bis in ihren Rücken wandert.

»Küstenfischerin«, stellt sie richtig und lacht schließlich ein leises, aber unbeirrbares Lachen. Es ist das erste Mal, dass sie die Gelegenheit hat, zu sagen, was sie beruflich macht, das erste Mal, dass sie Stolz dabei empfindet, sich selbst einen Beruf zuzuordnen, und sie richtet sich dabei an ihn. Es ist auch das erste Mal, dass sie sich selbst korrigiert hat: *Ich bin Küstenfischerin*, und am liebsten würde sie hinzufügen *Wenn du nur wüsstest, was alles passieren musste, damit ich das heute sagen kann …*

Sie redet, aber eigentlich sagt sie nicht viel außer:

»Ich bin Küstenfischer, also Küstenfischerin vielmehr.«

Obwohl es nur so ein kurzer Satz ist, hat Marcus den Eindruck, dass sie soeben alles von sich preisgegeben hat. Er beobachtet sie, die Küstenfischerin, die ihre Hände tief in die Hosentaschen geschoben hat und kerzengerade dasteht, als wäre ihr Kopf eine Trophäe, und ihre weit geöffneten Augen blicken in die Ferne. Ihr ganzer Körper wirkt, als hätte sie soeben einen Sieg davongetragen, und jetzt will sie mit ihm zum Himmel hinauf.

Marcus hält ihr einen Helm hin, den sie zweifelnd und mit einem Funken Ironie betrachtet:

»Die sind gefährlich, diese Dinger … So einer hätte mich neulich fast erschlagen.«

»Tja, Ironie des Schicksals …«

Marcus findet sie schlagfertig und charmant, ebenso Yann, der neugierig beobachtet, wie sie von einem Fuß auf den anderen tritt, leicht, fast schwerelos. Dann räuspert sie sich, als wollte sie einem leichten Zweifel Ausdruck verleihen.

»Na ja, und ich habe Sie kopfüber an einem dicken Seil hängen sehen, tut mir leid, aber das war auch nicht gerade glorreich.«

Yann findet, dass es ein gutes Zeichen ist, wie sich diese beiden gegenseitig an Humor überbieten, und er denkt, dass sie etwas sehr Glückliches ausstrahlen, wenn sie derart herunterspielen, was für jeden von ihnen so tragisch hätte enden können.

»Bitte sehr, Sie zuerst, ich folge Ihnen!«

Sie hält kurz inne. Er deutet wie ein kleiner Junge zum Himmel hinauf und fügt hinzu: »Immer geradeaus.«

Also macht sie sich an den Aufstieg, Leitern und Zwischenplattformen zu erklimmen, steigt Schritt um Schritt mit einer gewissen Vorsicht die achtundsiebzig Stufen nach oben und stellt dabei fest, dass Kerlés kleine Welt immer weiter in die Ferne rückt, als würde jemand oder etwas von unten daran ziehen. Sie lässt den Blick über die weit ausgedehnten Felder drum herum schweifen und dann über das direkt davor liegende Meer, dessen Ausdehnung noch viel größer ist.

Schließlich kommen sie oben auf der letzten Plattform an, die sehr schmal ist und deren Boden aus einem Stahlgitter besteht, durch das man die Stadt sehen kann. Anka ist außer Atem. Während des Aufstiegs hat sie sich Sorgen um Marcus gemacht und mehrmals unter sich geblickt, aber der Kranführer folgte ihr tapfer nach und sorgte sich weit mehr darum, auf sie achtzugeben, als um seine eigene Verfassung.

Dann sitzen sie nebeneinander außerhalb der Kabine, ganz am Rand, sodass vier Beine in der Luft baumeln. Marcus hat seine Lautsprecherboxen eingeschaltet und rhythmische Jazzklänge werfen nach und nach ihre Töne und Vorzeichen in den Wind. Zunächst schweigt er, begnügt sich damit, mit offenen Augen tief Luft zu holen, und Anka ganz dicht neben ihm besieht sich fasziniert jedes Detail der Umgebung, lässt ihren Blick mal hier-, mal dorthin schweifen und sagt ab und zu etwas, das der Wind gleich wieder fortträgt.

Marcus hört nicht, wie sie Teile ihres Lebens von sich gibt, er selbst sagt nichts, sondern ist damit beschäftigt, den Ort seines Unfalls wiederzufinden, er sucht den Ausleger ab und vollzieht den kurzen Weg nach, den er direkt vor seinem Sturz zurückgelegt hat. Er merkt gar nicht, dass sein Atem dabei immer schneller wird.

»Alles okay?«, erkundigt sich Anka.

»Bestens!«

Dann sieht er sie an und lässt seinen Blick lange auf ihr verweilen, als würde er sie zum ersten Mal sehen, vielleicht hatte er für einen kurzen Moment vergessen, dass sie da ist, direkt neben ihm. Wer ist diese junge Frau, die dort sehr aufrecht neben ihm sitzt, die Hände auf den Oberschenkeln abgelegt?

»Das schönste Büro der Welt ...«

»Nein, das schönste Büro hab ich!«

Anka zeigt auf den Hafen, der trotz des abnehmenden Tageslichts noch sehr gut zu erkennen ist, und beschreibt ihm ausführlich die Örtlichkeiten, man merkt, dass sie sich dort auskennt. Sie möchte ihm die *Baïkonour* zeigen.

»Das Vorletzte, ganz links, direkt hinter dem großen blauen Segelschiff.«

»Es ist schön.«

»Es hat meinem Vater gehört.«

Und dann lässt sie den Blick über die gesamte Fläche der kleinen Stadt wandern, von einem Punkt zum anderen, und beginnt fast automatisch damit, zu den Orten, auf die sie deutet, jeweils etwas zu erzählen.

»Das da ist mein Elternhaus, da bin ich aufgewachsen.«

Während sie das sagt, stellt sie fest, dass das Licht in der Küche brennt und sie die Silhouette ihrer Mutter vor sich sieht, ganz klein vor lauter Kummer, aber auch wieder groß vor lauter Hoffnung, wie sie sich auch zu dieser späten Stunde noch zwischen Gemüse und Gewürzen zu schaffen macht, um wie gehabt die gesamte Hafenbelegschaft zu verköstigen. Zu Marcus sagt sie jedoch nur leise:

»Sie hat sich verändert. Seit mein Vater tot ist, steht sie nur noch am Herd.«

Dann wandert ihr ausgestreckter Finger über den Hafen von Kerlé hinweg, über das Polizeirevier, die Hafenmeisterei, zu jedem Ort hat sie ein paar Erläuterungen parat, und dann geht es weiter nach Westen, über die unter dem Kran liegende *Grande Place* hinweg, und jetzt deutet ihr Finger auf Lucas' kleines Bistro, das sich fast senkrecht unter ihnen befindet.

»Da hole ich mir jeden Morgen einen Kaffee.«

Danach die Bäckerei von Yves.

»Was für ein Idiot, der Typ.«

Dann sieht sie Annie und Jean aus der Fleischerei, die soeben die Straße hinaufgehen, in der sich eine Bar an die andere reiht, und deutet schließlich auf Lines Salon, wobei sie sich davor hütet, zu sagen: *Wo ich fünf Jahre lang gearbeitet habe.*

Was hätte es für einen Sinn, sich über ihr altes Leben auszulassen, wenn es darin doch nichts gab, worauf sie stolz sein konnte. Jetzt ist sie Küstenfischerin, und allein der Gedanke daran, geschweige denn, es laut auszusprechen, erfüllt sie mit einem Selbstbewusstsein, das sie umhüllt wie ein besonders schickes Kleidungsstück. Sodann richtet sie ihre Position etwas mehr nach Norden aus, überlässt den Atlantik hinter ihr sich selbst und wendet diesem arglistigen Wesen, das sie so verehrt, den Rücken zu.

»Hatten Sie hier oben schon mal Angst?«

Die Frage überrascht Marcus, denn er ist sich dessen bewusst, dass er immer wieder hierher zurückkehrt, gerade *weil* er sich davor fürchtet, was ihn jeden Morgen am Gipfel dieses großen Stahlbogens erwartet.

Es sind jener Zorn und jene Leidenschaft, jener Drang, das, was ihn erzittern lässt, zu beherrschen und sein Dasein damit auf eine höhere, exzessive Stufe zu heben, die ihm seinen ganz eigenen Zugang zum Leben verschaffen, er braucht die Extreme.

Trotzdem weiß er nicht, was er dieser Frau antworten soll, die er nicht kennt, auch wenn ihre Gegenwart sich für ihn gut anfühlt, irgendwie vertraut, und die ihm so viel und so wenig auf einmal sagt. Sein Körper fühlt sich von ihrem angezogen, fast als gäbe es da eine magnetische Kraft zwischen ihnen beiden, und wenn sie spricht, ganz egal, was sie sagt, dann kommt es ihm vor, als würden ihre Worte ihm helfen, klarer zu denken.

»Ich habe Angst, aber ich habe auch Vertrauen.«

Ihm ist bewusst, wie widersprüchlich diese Aussage klingt, aber er traut Anka zu, dass sie ihn trotzdem voll und ganz versteht. Und tatsächlich, sie lächelt, ein breites Lächeln, das lange auf ihrem Gesicht verweilt.

»Und da wohne ich«, fährt sie fort.

Weiter weg, auf den Hügeln der Stadt, macht sie das Gebäude aus und nennt das Stockwerk:

»Im vierten Stock, das Fenster ganz rechts, das gehört zu meiner Wohnung.«

»Ich weiß.«

Das ist ihm einfach so herausgerutscht, er weiß selbst nicht, wie, und er schlägt sich die Hand vor den Mund, als wollte er ein kleines Tierchen am Ausbrechen hindern, das ohne Vorwarnung zwischen seinen Lippen entweichen könnte. Dann stammelt er ein paar konfuse Silben vor sich hin, um das Gesagte zurückzunehmen, natürlich nicht, er weiß es nicht, woher denn auch?

»Das muss an der Höhe liegen«, scherzt Anka.

»Ich rede, als würde ich Sie kennen, aber das ergibt überhaupt gar keinen Sinn.«

Er reibt sich über die Augenbrauen, die rechte und die linke gleichzeitig, um sich keine Blöße zu geben, und währenddessen bekommt die Unbekannte direkt neben ihm einen Schreck, sie fühlt ihr Herz sinken und ängstlich gegen die Rippen schlagen, als sich genau dort ein aufkommender Sturm zusammenbraut, denn schließlich ist sie ja diejenige, die ihn ohne sein Wissen verschlungen hat, an ihm geschnuppert hat wie ein wildes Tier und die sich einen bewusstlosen Körper zu eigen gemacht hat, sie weiß auf einmal nicht mehr, wer von ihnen beiden den anderen kennt, wirft einen forschenden Blick auf ihn, wie er mit sich selbst beschäftigt ist, noch immer ganz durcheinander, und auf einmal schwirrt ihr der Kopf davon, dort oben zu sein, losgelöst von allem. Am liebsten würde sie zu ihm sagen *Ich liebe dich*, denn eigentlich ist es doch egal, ob man sich solche Geständnisse normalerweise für das Dunkel der Nacht aufhebt, aber sie tut nichts dergleichen, und direkt neben ihr greift Marcus nach ihrer Hand und verkündet mit der extra lauten Stimme eines Museumsführers:

»Zu Ihrer Linken die bretonische Atlantikküste, der *Golfe de Gascogne*, 223 000 Quadratkilometer Salzwasser, die eine Tiefseeebene bedecken, die bis zu 4.735 Meter weit hinunter reicht. Und direkt vor Ihnen Kerlé, 12.437 Einwohner, zwanzig Kilometer westlich von Lorient gelegen, im Département Morbihan, in der Region Bretagne.«

Dann dreht er sich wieder zu Anka um und erkundigt sich bei ihr mit einem Blick, der leichten Übermut verrät:

»Gibt es noch Fragen, junge Frau?«

Danksagungen

Der zweite Roman ist eine Geschichte für sich.

Deshalb, danke: all jenen, die mich dazu ermutigt haben, den Zweifel in die allerletzte Ecke zu verbannen.

Quellenverzeichnis

Übersetzung der verwendeten Zitate

Arthur Rimbaud Sämtliche Dichtungen. Zweisprachige Ausgabe. Aus dem Französischen übersetzt und mit Anmerkungen und einem Nachwort herausgegeben von Thomas Eichhorn. Deutscher Taschenbuch Verlag, München 1997. 4. Auflage, 2010.